연애 세포 핵분열 중

푸른도서관 78

연애 세포 핵분열 중

초판 1쇄 / 2017년 2월 20일
초판 2쇄 / 2018년 5월 30일

지은이 / 김은재
펴낸이 / 신형건
펴낸곳 / (주)푸른책들
등록 / 제321-2008-00155호
주소 / 서울특별시 서초구 양재천로7길 16 푸르니빌딩 (우)06754
전화 / 02-581-0334~5 팩스 / 02-582-0648
이메일 / prooni@prooni.com 홈페이지 / www.prooni.com
카페 / cafe.naver.com/prbm 블로그 / blog.naver.com/proonibook

글 © 김은재, 2017
ISBN 978-89-5798-555-7 04810

이 도서의 국립중앙도서관 출판시도서목록(CIP)은 서지정보유통지원시스템 홈페이지(http://seoji.nl.go.kr)와
국가자료공동목록시스템(http://www.nl.go.kr/kolisnet)에서 이용하실 수 있습니다.
(CIP제어번호: CIP2016031604)

(주)푸른책들은 도서 판매 수익금의 일부를 초록우산 어린이재단에 기부하여
어린이들을 위한 사랑 나눔에 동참합니다.

연애 세포 핵분열 중

김은재 지음

푸른책들

차례

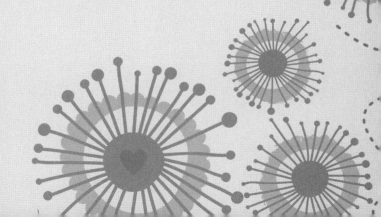

갈증

해용의 목울대에 '이별'이란 단어가 콱 걸려 있다. 한 번에 삼키기 힘든 커다란 알약처럼. 해용은 한숨을 쉬며 시계를 힐끗 보았다. 1시 10분 점심시간. 10분 전 종이 치자마자 아이들은 감옥에서 석방되는 죄수들처럼 기쁨의 소리를 지르며 우르르 교실을 빠져나갔다. 교실엔 해용 혼자뿐이다.

해용은 책상 위에 놓인 종잇조각을 들여다보았다. 조금 전 국어 시간에 시 발표 수행 평가를 했다. 각자 자기가 좋아하는 시를 발표하되, 발표자는 반 아이들 수만큼 시가 적힌 종이를 복사해서 주어야 한다. 해용은 수아가 나누어 준 종이를 만지작거렸다. 수아가 직접 손으로 써서 복사한 거라, 수아가 해용에게 써 준 편지라는 착각이 들었다.

길1)

잃어버렸습니다.
무얼 어디다 잃었는지 몰라
두 손이 주머니를 더듬어
길에 나아갑니다.

돌과 돌과 돌이 끝없이 연달아
길은 돌담을 끼고 갑니다.

시를 읽어 내려가던 해용의 눈길이 마지막 연에 머물렀다.

내가 사는 것은, 다만,
잃은 것을 찾는 까닭입니다.

'잃은 것을 찾는 까닭이라······. 지금 내 마음이 그래, 수아
야. 널 잃은 나는 어떻게 사니.'
불쏘시개로 심장을 쑤시듯 가슴이 아팠다. 해용의 머릿속에
말라 버린 잡초처럼 바스러진 지난 시간들이 떠올랐다.

---

1) 윤동주, 「길」, 『하늘과 바람과 별과 시』 (보물창고, 2011)

해용의 인생에 먹구름이 드리운 건 초등학교 4학년 때 이 동네로 이사 오면서부터다. 치위생사인 엄마가 이곳에 있는 치과에서 근무하게 되었다고 했다.

그 이사가 문제였다. 전학 온 학교의 아이들은 해용을 괴롭혔다. 처음에는 해용의 책상 서랍 안과 사물함에 쓰레기를 넣어 놓았다. 미술 시간에 그린 해용의 그림 위에 슬쩍 물을 부어 버리기도 했고, 해용의 실내화를 먼지로 뒤덮인 에어컨 위에 올려놓기도 했다. 숙제도 몰래 꺼내 가서 찢어 버리곤 했다. '부의 대물림'이면 좋으련만, 왕따는 '학년 물림'이 되었다. 중1 때는 왕따의 마지막 단계, '투명인간'이 되었다.

그런 해용에게 중학교 2학년 첫날, 밝은 얼굴로 말을 걸어 온 친구가 나타났다. 강철이라는 아이였다.

"너 이름이 뭐야?"

얼마나 기다렸던 말인가. 해용은 강철의 말이 심장이 두근거릴 정도로 좋았다.

"나, 박해용."

"난 강철이야. 야, 일루 와 봐. 얘는 문재환이고."

강철은 자기 단짝이라는 재환을 소개해 주었다. 해용은 그때 다짐했다.

'이 인연의 끈을 절대 놓지 말아야지.'

강철은 아버지가 직업 군인이라고 했다. 군인 아버지를 닮아서인지, 강철은 모든 일에 거침이 없었다. 강철의 옆에 있으면 해용도 다른 친구들과 아무렇지 않게 지낼 수 있었다. 다른 아이들도 해용을 스스럼없이 대해 주었다. 학교가 끝나면 강철과 재환은 해용의 집에 자주 들렀다. 셋은 라면을 끓여 먹고 게임을 하며 놀았다. 해용은 둘의 가방을 들어 주기도 하고, 자잘한 심부름을 대신 해 주기도 했다. 그 애들과 엽기 떡볶이, 컵밥, 햄버거, 짜장면을 먹으러 갈 때면 해용은 거의 돈을 혼자 다 냈다. 피시방에 가서도 계산할 때가 되면 강철과 재환은 해용을 쳐다보았다. 엄마는 해용의 얼굴이 밝아져서 좋다고 아낌없이 용돈을 줬다.

　사건은 중학교 2학년 가을, 중간고사가 끝나던 날 일어났다. 강철과 재환이 해용이네 빌라 뒤편에서 담배를 피우고 있었다. 강철이 집에서 군납용 담배를 훔쳐 와서 피우는 거였다. 강철이 스마트폰을 들여다보다가 해용에게 화면을 보여 주었다.

　"나 다음 주 생일인데 해용아, 넌 이거 사 주면 되겠다."

　화면에는 아디다스 점퍼가 보였고, 109,000원이라고 적혀 있었다. 해용은 갑자기 기분이 나빠졌다.

　"왜 내가 너한테 이걸 사 줘야 돼?"

　강철은 물고 있던 담배를 시멘트 바닥에 휙 던져 버렸다. 해용을 쳐다보며 어이없다는 듯 웃었다.

　"친구가 그것도 못 해 줘?"

　"이건, 좀 뭔가 아닌 것 같아."

　"너 진짜 싸가지 없다. 왕따랑 놀아 줬더니 은혜를 배신해?"

해용은 속에서 뜨거운 것이 울컥 올라왔다.

"뭐야, 너네. 너희 지금까지 나 이용한 거야?"

말하면서도 '설마' 하는 마음이었다. 목울대가 파르르 떨리고 가슴이 아려 왔다. 강철은 해용의 어깨를 툭툭 쳤다.

"그걸 지금 알았냐? 그래서 네가 왕따인 거야. 이 호구 새끼야."

해용은 갑자기 숨이 쉬어지지 않았다. 강철은 자리에서 일어나 이 사이로 침을 찍 뱉었다.

"재수 없어. 이게 잘해 줬더니 기어오르네. 다신 우리 눈앞에 띄지 마라."

재환도 강철을 따라가며 해용에게 한 마디 던졌다.

"병신 새끼."

세상과 연결되었던 줄 하나가 툭, 하고 끊기는 느낌이었다.

그 후, 강철은 아버지가 강원도 어느 부대로 발령이 났다며 전학을 갔다. 해용은 다시 공부만 하면서 남은 중학교 생활을 보냈다.

그리고 고등학생이 되었다. 입학 첫날, 해용은 학교에 7시쯤 도착했다. 불도 켜지 않고 새 교과서에 얼굴을 파묻은 채, 엎드려 있었다. 조금 뒤, 교실 문 열리는 소리가 났고 누군가 전등 스위치를 켰다.

"아, 깜짝이야. 귀신인 줄 알았잖아. 너 이렇게 추운 데서 엎드려 자면 입 돌아가! 히터 틀어 줄게."

여자애 목소리였다. 해용이 고개를 들어 보니, 한 여자애가 교실 뒤에 놓인 히터 전원 버튼을 누르고 있었다. 어깨까지 내려오는 갈색 머리에 동글동글한 얼굴, 두툼한 검은 패딩 아래로 보기 좋게 통통한 다리가 눈에 들어왔다. 여자애는 해용을 보자 고른 이를 드러내며 씽긋 웃었다. 해용의 가슴에 금빛 화살 하나가 박힌 것 같았다. 해용은 멋쩍어서 고개를 돌려 교과서를 보는 척했다. 새 교과서에서 풍기는 잉크 냄새가 코를 찔렀다. 해용이 허둥대며 책장을 넘기다가 날카로운 종이에 손을 베었다.

"아!"

해용이 피가 나는 오른쪽 검지를 입에 갖다 댔다. 여자애가 교실 밖으로 나가려다 해용을 슬쩍 보았다. 그 애는 자기 자리로 가더니, 가방에서 일회용 밴드를 꺼내 건넸다.

"피 많이 나니? 이거 붙여."

그 여자애가 수아였다. 수아가 켠 히터 덕분인지 썰렁하던 교실에 훈훈한 공기가 돌았고, 해용의 마음도 따뜻해졌다. 그후, 해용은 교실에서 수아만 쳐다보았다.

2주가 지난 어느 날, 해용은 수아네 모둠에 껴서 종로에 다녀왔다. 과학 수행 평가인 과학관 탐방 때문이었다. 해용은 자기 모둠과 함께 이미 과학관을 다녀왔지만 수아와 가까워지기 위해 다시 한 번 기꺼이 종로까지 갔다. 그날, 해용은 수아를 집까지 바래다주었다. 수아의 집 앞에서 있는 용기를 다 긁어모아

수아에게 사귀자고 고백했다. 수아가 웃으며 고개를 끄덕였다. 둘은 그렇게 한 달 남짓 사귀었다.

그러던 수아가 어제 교문 앞에서 갑자기 이런 말을 내뱉었다.

"우리 그만하자. 너랑은 말이 안 통해."

해용의 오른쪽 어깨너머로 시선을 둔 채였다. 해용은 멍하니 수아를 바라봤다. 수아는 고개를 돌려 해용을 똑바로 쳐다보며 또박또박 이야기했다.

"우리 헤어지자고."

그 말을 듣는 순간, 살랑거리는 봄바람과 아이들이 뿌려 대는 목소리들이 모두 공중에서 산산조각 나서 해용을 찌르는 것 같았다. 수아는 그대로 뒤돌아 갔다. 해용은 무슨 정신으로 집까지 왔는지 몰랐다. 집에 와서 생각해 보니 수아의 말엔 명백한 오류가 있었다. '나랑 사귈래?'라고 해서 사귈 때는 분명 상대방의 동의가 있어야 한다. 그럼 헤어지고 싶을 때도 동의가 있어야 한다. 해용은 아직 수아와 헤어지는 데 동의를 못 했다. 그 사실을 수아에게 말해 주고 싶었다. 잠시 다툰 거라고. 뭔가 오해가 있는 거라고. 그게 어제의 일이다.

시곗바늘이 1시 15분을 가리켰다. 조금 있으면 수아가 교실로 돌아올 시간이다. 수아는 방송반이라 '우선 급식증'으로 점심을 먹는다. 지금쯤 밥을 다 먹고 교실에 양치 컵을 가지러 들어울 것이다. 해용은 수아가 방송반인 게 못마땅했다. 항상 밥을 먼저 먹는 데다가, 방송반인 남자애들과 함께 먹는다. PD인 시준은 키도 크고 얼굴도 사랑받고 자란 부잣집 도련님처럼 생겨서 여자애들에게 인기가 많다. 유난히 수아가 시준 앞에서는 더 크게 웃는 것 같아서 신경 쓰였다. 급식 시간에는 수아가 아나운서로 활동하느라 만나지도 못했다. 이 모든 게 마치 해용을 외롭게 만드는 고문 같았다.

드르륵.

수아가 교실로 들어왔다. 수아는 문 쪽을 노려보고 있던 해용을 보고 움찔 놀랐다. 하지만 곧 아무렇지 않은 듯 표정을 바꾸고 사물함으로 가서 칫솔이 담긴 컵을 꺼냈다. 해용이 수아 앞으로 성큼 다가갔다. 한낮의 햇살을 등진 해용의 긴 그림자가 수아에게 드리웠다.

"얘기 좀 해."

"무슨 얘기?"

"왜 그런 말 한 거야? 나랑 헤어지자는 이유가 뭔데?"

"내가 지금까지 입이 아프도록 얘기했잖아. 난 네가 나한테 집착하는 거 싫어. 넌 나한테 계속 화만 내잖아. 어제도 음악실 오는 길에 내가 손 안 잡아 줬다고 화내고, 월요일에는 내 친구들 앞에서 망신 주고."

"그럼 어떤 남자가 자기 여자가 다른 남자랑 시시덕거리는데 그걸 가만 보냐? 난 네가 다른 남자애들한테 웃어 주는 거 싫어.”

“애들 다 보는 데서 지훈이랑 애들한테 앞으로 나하고 말도 하지 말라고 하는 건 너무 한 거 아니야? 쪽팔리게. 이젠 지친다. 전에도 내가 너랑 집에 안 가고 친구들이랑 집에 간다니까 날 벽으로 밀쳤잖아. 그때도 네가 울면서 한 번만 더 기회를 달라고 해서 봐준 건데, 넌 하나도 변한 게 없어.”

해용은 고작 그런 이유로 수아가 헤어지자고 했다는 사실에 실망감이 몰려왔다. 산이 높으면 골짜기가 깊다는 옛말도 있듯이, 그건 해용이 그만큼 수아를 좋아해서 그런 거다. 그걸 수아가 몰라주니 섭섭했다. 해용이 얼마나 수아를 좋아하는지 수아가 알아주기만 하면 다시 예전처럼 돌아갈 수 있을 것 같았다.

“그게 다 너를 사랑해서야. 내가 얼마나 널 좋아하면 그러겠냐? 나한텐 너밖에 없는 거 알잖아.”

해용은 오른팔을 내밀어 수아의 손목을 잡았다. 사람의 진심을 수치화해서 보여 주는 스마트폰 어플이 있다면, 자신의 말이 완벽한 진심이라는 걸 증명해 보일 수 있을 텐데…….

“놔! 너 싫어. 다시는 보고 싶지 않아.”

수아가 거칠게 해용의 손을 뿌리쳤다. 순간 거대한 지진 해일이 순식간에 모든 것을 휩쓸고 가는 것처럼 분노의 파도가 해용의 머릿속 모든 생각을 휩쓸어 갔다. 해용은 눈앞에 보이는 의자를 들어 수아에게 던졌다.

“씨발. 그래, 너 잘났다. 잘난 놈 만나서 잘 먹고 잘 살아라.”

의자의 한쪽 다리가 수아의 오른팔에 부딪쳤다. 의자는 쿵 소리를 내며 교실 바닥에 떨어졌다.

"악!"

수아가 비명을 지르며 털썩 주저앉았다. 밥을 먹고 돌아온 아이들이 벅적거리며 교실로 들어왔다. 해용은 성큼성큼 청소함 앞으로 다가가 벽에 걸린 거울을 주먹으로 쳤다. 와장창 거울이 깨졌다. 주먹 끝에서부터 전해지는 아픔이 오히려 쾌감으로 느껴졌다. 정인과 새봄이 교실로 들어오다 이 광경을 보고 소리를 질렀다.

"어떡해, 어떡해."

두 사람은 쪼그려 앉아 있는 수아를 양쪽에서 부축하고 교실 밖으로 나갔다. 근복이 해용의 손을 가리켰다.

"너, 피."

손등에서 피가 흘러내리고 있었다.

"아이 씨, 쪽팔리게."

해용은 교실 문을 박차고 나갔다. 생각보다 손에서 피가 많이 났다. 핏물이 바닥으로 뚝뚝 떨어졌다. 해용은 세면대에서 손을 씻고 화장실 칸막이 안으로 들어갔다.

해용은 화장지를 붕대처럼 손에 말았다. 손이 욱신거렸다. 얄팍한 화장지가 피에 젖어 스르륵 녹아내렸다. 해용이 화장지를 다시 한 번 둘둘 감았다. 문밖에서 귀에 익은 목소리가 났다. 중2 때 같은 반이었던 경헌의 목소리였다.

"강철이 다시 부천으로 이사 왔대. 아빠가 다시 이쪽 부대로 오게 됐나 봐. 한빛고로 전학 왔다고 언제 한번 보잔다. 넌 걔 안 만나? 같이 보러 갈까?"

해용은 피가 빠르게 화장지로 스며드는 것도 느끼지 못하고, 놀랐다. 잠시 잊고 살던 이름, 강철이.

"말도 마. 걔 지난주부터 우리 수학 학원 다녀. 여전히 허세 장난 아니야."

역시 귀에 익은 목소리가 대답했다. 지훈이다. 수아와 같은 수학 학원에 다닌다는 이유로 수아와 친하게 지내는 남자애다. 해용은 그런 지훈이가 못마땅했다. 며칠 전, 지훈의 반에 찾아가 앞으로 수아와 얘기하지 말라고 정색하고 말했다. 그 때문에 수아가 친구도 못 만나게 한다면서 크게 싸웠다. 어떻게 보면 이별의 빌미를 제공한 녀석이다. 경헌이 낄낄대며 지훈에게 말하는 소리가 들렸다.

"그럼 내가 한번 너희 학원으로 가야겠네."

어느새 5교시가 시작되었는지 화장실 안이 조용해졌다. 해용은 칸막이에서 나와 손을 씻었다. 손은 주먹이 하나 더 있는 것처럼 퉁퉁 부어올라 있었다. 사실 수아에게 의자를 던진 것은 '협박'이 아니라 '애원'이었다. 중학생이 '엄마가 최신형 스마트폰 안 사 주면 나 집 나갈 거야!'라고 자기 방문을 거칠게 닫는 것은, 집을 나가겠다는 '협박'이 아니라 스마트폰을 사달라는 '애원'이듯이. 해용은 흐르는 수돗물 소리에, 터져 나오는 울음을 집어삼키며 속으로 웅얼거렸다.

'수아야. 네가 진정한 사랑을 아는 애라면 내 마음을 알아줘야 하는 거 아니야?'

해용은 교실로 돌아가지 않고 그대로 집으로 왔다. 서랍에서 연고를 찾아 바르고 붕대를 찾아 손에 돌돌 말았다. 하필이면 오른손으로 거울을 쳐서 왼손으로 붕대를 마는 게 서툴렀다. 대강 응급 처치를 한 뒤, 쑤시는 손으로 수아에게 카톡을 보냈다. 버튼을 누를 때마다 손이 저릿저릿 쓰라렸지만, 마음이 쓰린 것보다 손이 쓰린 게 나았다.

— 아까는 내가 미쳤었나 봐. 앞으로 내가 잘할게.

카톡 메시지 옆 '1'이 사라졌다. 수아가 읽었다! 시계를 보며 5분을 기다렸다. 답이 없다. 이제 수아가 메시지마저 무시한다고 생각하자 해용은 분노가 치밀어 올랐다.

'내가 수아에게 그것밖에 안 되는 존재인가!'

— 야. 썅. 왜 톡 씹어?

아차! 메시지를 보내고 해용은 후회했다. 숨을 쉬는 순간순간 수아에 대한 감정이 폭풍우 치는 밤의 검은 파도처럼 몰아쳤다. 가슴이 사납고 성난 파도의 굉음을 견디는 낡은 등대의 홑창문처럼 쉴 새 없이 덜컹거렸다. 해용의 손가락은 뇌를 미처 거치지 못한 생각의 날것을 그대로 수아에게 보내고 있었다. 수아를 향한 사랑과 증오의 말들이 핸드폰 위에서 날뛰었다.

— ㅠㅠ 내가 널 얼마나 사랑하면 이러겠냐? 한 번만 봐줘, 수아야.

사랑해. 내 맘 알지?♡♡

　ㅡ 네가 잘났으면 얼마나 잘났냐? 너 가만 안 둔다. 밤길 조심해
라.

　ㅡ 걸레 같은 년.

　ㅡ 나한테 한 번만 더 기회를 주라. 제발~~ 플리즈~~ 우리 그냥
다툰 것뿐이잖아? 다른 보통 커플들처럼.

　해용이 정신을 차려 보니 두 시간 남짓, 혼자서 68개의 메시
지를 보냈다. 잠시 숨을 고르고 핸드폰을 바라보았지만 숫자는
사라지지 않았다. 사라지지 않는 숫자를 보자, 해용은 자신이
그녀에게서 영원히 사라질까 봐 다시 불안해졌다. 자신의 진심
을 한 번만 더 얘기하면 수아가 자기를 돌아봐 줄지도 모른다는
생각이 들었다. 다시 한 번 메시지를 꾹꾹 눌러 보냈다.

　ㅡ 내가 너무했지? 미안해. 용서해 줘.

　해용은 핸드폰을 내려놓았다. 핸드폰은 수아에 대한 해용의
마음처럼 폭발할 듯 뜨거웠다. 해용은 '그녀를 놓아주어야 할
까?' 하고 잠깐 생각을 해 보았다. 하지만 이내 고개를 세차게
흔들었다. '그럼 이렇게 계속 잡아야 할까?'라는 생각도 들었다.
다시 고개를 흔들었다.

　그건 마치 바닷가에서 모래성을 쌓는 일과 비슷했다. '이젠
잊는다.'라는 생각의 모래성을 쌓는다. 바로 다음 순간 파도가
와서 그 결심을 쓸어 가 버린다. '인연의 끈을 놓지 말자.'는 모
래성도 쌓는다. 다시 파도가 와서 쓸어 간다. 그렇게 꼼짝 않고

앉아 '포기'와 '미련'이란 이름의 모래성을 쌓고 허물다 보니, 어느새 한밤중이었다. 문득, 해용은 수아를 놓치면 자신이 디디고 있는 땅이 저 깊은 곳으로 한없이 꺼져 버릴 것 같았다. 해용은 불안을 감당할 수 없어서 눈물이 절로 났다. 이불을 뒤집어쓰고 소리 내서 짐승처럼 흐느꼈다. 그러다 언제 잠든 지도 모르게 잠이 들었다가, 새벽에 깼다.

해용은 책상 서랍에서 커터 칼을 꺼냈다. 차가운 칼날을 손목에 댔지만, 더럭 겁이 나서 차마 손목을 그을 수는 없었다. '나 이 정도로 아파.'라고 수아에게 보여 주기만 하면 충분했다. 해용은 빨간색 볼펜과 사인펜을 꺼내 손목에 칠했다. 자해를 한 흔적처럼 보이도록 검은색 볼펜도 중간중간 섞었다.

다음 날 해용은 오징어처럼 불어 버린 얼굴로 학교에 갔다. 반 아이들은 찌그러진 음료수 캔처럼 잔뜩 구겨진 해용의 얼굴을 보고, 아무도 해용에게 말을 걸지 않았다. 교복 와이셔츠 소매 아래로 언뜻언뜻 보이는 손목의 붉은 자국을 보고 몇몇이 귓속말을 할 뿐이었다.

학교에서는 수아가 해용을 철저하게 외면했기 때문에, 해용은 집에 와서 핸드폰으로 수아와 '소통'했다. 일방적인 소통이긴 했지만, 끊임없이 해용은 자기 마음을 솔직하게 드러냈다. 여전히 수아는 답장을 하지 않았다. 그렇게 지내기를 닷새째. 여자 친구와 소통하고 사랑을 유지하려면, 먹고 힘을 내야 하는 법. 해용은 불야성이라는 중국집에서 짜장면을 하나 시켰다.

"짜장면이요!"

현관문을 여는데 철가방 위로 낯익은 얼굴이 나타났다.

"어? 동팔이!"

중3 때 같은 반 친구 동민이다. 한 학년을 꿇어서 또래보다 한 살 많고 키도 어른처럼 크지만, 애들은 동민을 그냥 '동팔이'라고 불렀다. 중학교 때 녀석은 수업 시간마다 엎드려 자서, 투명인간 같은 존재였다. 해용이 묘한 동질감을 느끼던 녀석이다. 그때도 오토바이를 탔는데, 지금은 배달 알바를 하나 보다. 거스름돈을 주는 솥뚜껑만 한 손, 고1밖에 되지 않았지만 세파에 찌든 동민의 얼굴을 보자 갑자기 한 가지 생각이 해용의 머리를 스쳤다.

"동민아, 너 오늘 알바 끝나고 나 오토바이 좀 태워 줘. 시간 좀 비워 둬라. 친구 부탁이다."

동민은 순박한 표정으로 10시에 전화하라며 전화번호를 알려 주었다. 10시 15분이 되자 동민은 해용의 집 앞으로 왔다. 해용은 동민에게 수아 일을 털어놓으며 가서 자신의 마음을 좀 대변해 달라고 부탁했다. 어른 같은 동민이 하는 말이라면 수아가 겁을 집어먹고 마음을 바꾸지 않을까 싶었다.

동민의 스쿠터 뒷자리에 탄 해용은 수아의 집 위치를 설명했다. 동민의 스쿠터 실력은 현란했다. 차선을 넘나들며 난폭 운전을 하는 동민의 허리춤을 꽉 붙들다 보니 어느새 수아의 집 근처에 도착해 있었다. 동민이 옆에 있으니 저절로 용기가 생겼다. 해용은 수아의 집 앞 소공원에서 수아에게 메시지를 보냈다. 소공원에는 보도블록을 다시 깔려는지 땅이 헤집어진 채, 벽돌들이 굴러다녔다.

—수아야. 진짜 이번이 마지막이야. 진심이야. 집 앞 소공원으로 나와 줘. 정말 더 이상 괴롭히지 않을게.

어디선가 아카시아 향기가 바람결에 실려 왔다. 수아가 공원에 나타났다. 해용은 모처럼 자기 말에 반응해 준 수아가 그저 반가웠다. 수아는 쌀쌀맞게 말했다.

"마지막이라는 그 말. 그 말이 반가워서 나온 것뿐이야. 할말 있음 해."

해용은 동민의 팔을 쿡 찔렀다. 동민이 한 발짝 앞으로 나섰다.

"네가 수아구나?"

동민은 이 사이로 침을 찍 뱉었다.

"듣던 대로 얼굴 반반하다."

수아는 황당하다는 표정으로 물었다.

"앤 또 뭐야?"

"해용이한테 얘기 다 들었어. 얘가 너 진짜 사랑한대. 네가 안 받아 주면 그냥 콱 죽는대. 그럼 넌 살인자야. 그냥 해용이 받아 주면 안 돼?"

수아가 '후' 하고 크게 한숨을 쉬었다.

"해용아, 끝까지 실망이다. 난 네가 나한테 집착해서 싫어.

근데 끝이라면서 이런 양아치 데리고 와서 나한테 뭐라고?"

동민이 뒤돌아서는 수아의 오른쪽 어깨를 잡았다.

"해용아, 아오, 빡쳐. 얘 어떡할까? 이 계집애 진짜 싸가지 없다. 그냥 확 담배빵으로 얼굴 지져 버릴까?"

동민은 수아를 치려는 듯 왼손을 들었다. 수아가 경악하는 표정으로 뒤를 다시 돌아보았다. 그런 수아를 바라보며 해용은 목소리를 낮게 깔았다.

"동민아, 하지 마. 그만하면 됐어. 수아야, 어쨌든 이렇게 나와 줘서 고맙다. 내 마음은 아직도 그대로니까 맘 바뀌면 연락해."

수아는 대꾸 없이 가 버렸다. 해용은 동민에게 고맙다고 말했다. 동민은 어려울 때 돕는 게 친구라고 하면서 해용을 집까지 데려다줬다. 해용이 뒷자리에서 내리자 동민은 뒤돌아보지도 않고 오른손만 번쩍 들더니 탈탈탈 오토바이를 몰았다. 동민은 일 미터 쯤 가다가 오른쪽 삼선 슬리퍼를 떨어뜨렸다. 바로 다시 슬리퍼를 꿰어 신고 고개를 돌려 해용에게 손을 흔들었다. 해용은 그저 고마웠다.

다음 날 국어 시간. 해용은 책상 위에 엎드려 있었다. 아이들이 웃는 소리가 들렸다. 해용은 슬며시 고개를 들었다. 허단이 수행 평가 발표를 하러 앞에 나와 있었다. 중학생처럼 작은 키, 울퉁불퉁 여드름으로 뒤덮인 멍게 같은 피부, 나무늘보처럼 졸려 보이는 작은 눈. 녀석의 등장만으로도 아이들은 즐거워했다.

허단이 앞에 앉은 노을에게 뭐라고 한마디 하자, 주변 아이들이 책상을 두드리며 웃어 댔다. 해용은 말 한마디, 손짓 하나로도 아이들을 웃길 수 있는 단이가 부러웠다. 단이 목소리를 높여 시를 읽어 가기 시작했다. 긴장되는지 오른쪽 발을 자꾸 허공에 찼다. 그때마다 아이들이 웃었다.

해용은 단이 나누어 준 종이를 보았다. 생긴 것 같지 않게, 글씨체가 반듯했다.

무너지지 않는 벽2)

벽돌 쌓는 일을 하는 삼촌이 물었다

너 벽돌 위아래를 왜 엇갈리게 쌓는 줄 아니?

무너지지 말라고요?

그래, 맞다. 아래 쌓은 벽돌 한 장 위에 벽돌 두 장을 반 반씩 올려놓지. 그렇게 올라간 벽돌 위에 또 반반씩 벽돌들을 올려놓고. 사람도 마찬가지다. 한 친구에게 다 주려고 애쓰지 마라. 그 친구에게 못 준 건 다른 친구가 받게 된다.

---

2) 이장근, 「무너지지 않는 벽」, 『나는 지금 꽃이다』 (푸른책들, 2015)

네가 받을 때도 마찬가지다. 그렇게 맺은 관계가 무너지지 않는다.

허단이 시 낭송을 마치고 사이비 교주처럼 양손을 번쩍 들었다.

"여러분, 이 시는 양다리 권장 시입니다. 한 여자에게만 사랑을 줬다가 차이면 상처받으니까 여기저기 매력을 뿌리고 다니라는 뜻으로 보입니다. 아, 자매님들! 진정하세요. 농담이구요."

여기저기서 웃음과 야유가 터져 나왔다. 허단은 한참 동안 자신의 연애관과 이상형을 늘어놓다가 갑자기 무게를 잡았다.

"여러분도 이런 벽돌, 저런 벽돌로 아름다운 인연의 성을 쌓아 가시기 바랍니다. 우리 1년 동안 잘 지내봅시다. 이상 발표를 마치겠습니다."

아이들이 요란하게 손뼉을 쳤다. 박수 소리를 들으며, 해용은 다시 한 번 시를 찬찬히 읽어 보았다. 중학교 때는 강철이와 재환이라는 벽돌만으로 우정의 집을 지으려고 했고, 고등학교에 와서는 수아라는 벽돌 하나만으로 집을 지으려고 했다는 생각이 들었다. 해용의 머릿속에 그간 자기 모습이 영화의 장면들처럼 스쳐 지나갔다. 자기가 생각해도 미친 사람 같았다. 집에서 울고불고 수아에게 메시지 보내고, 의자를 내 던지고, 가짜 자해 소동을 벌이고, 친구를 시켜 수아를 협박하고. 이젠 그만해야겠다는 생각이 들었다. 잡을 만큼 잡아 봤다는 생각도 들었다. 눈앞이 뿌옇게 흐려졌다.

그러자 거짓말처럼 처음으로 수아에게 원망이 아닌 미안한 마음이 들었다. 해용 자신에게도 미안했다. 그동안 얼마나 못나게 굴었던가. 자기에게 손을 내밀었을지 모를 다른 고등학교 친구들은 못 본 척하고, 수아만을 갈구하지 않았던가.

그래서 해용은 오늘 마지막으로 수아를 찾아가기로 했다. 못나게 굴어 미안했다고. 좋은 사람 만나라고. 그렇게 쿨하게 말해 주리라 다짐했다.

해용은 수아 학원이 끝나는 9시에 맞춰 소공원에서 수아를 기다렸다. 그간 미안했다고, 내 욕심만 차렸다고, 널 존중하지 않았다고, 속으로 웅얼거리는데 골목길 끝에서 수아의 웃음소리가 들렸다. 또다시 송곳에 찔린 듯 마음이 아팠지만, 이젠 미련과 이별할 시간이다. 그런데 수아가 한 남자와 함께 오고 있는 게 보였다. 그 남자가 한쪽 어깨에 수아의 책가방을 멘 것도 눈에 들어왔다. 해용은 눈을 가늘게 뜨고 환한 가로등 아래로 두 사람이 지나가기를 기다렸다. 허여멀건 얼굴, 건들건들 걷는 걸음. 강철이다! 기억 속의 강철보다 키가 조금 더 크긴 했지만 분명 강철이었다. 강철이 뭐라고 하자 수아가 입을 가리고 웃었다. 해용은 머릿속 이성의 댐이 와르르 무너져서, 모든 생각과 다짐이 거친 물결에 휩쓸려 가는 것을 느꼈다. 눈에 번뜩이는 불이 켜졌다.

"뭐? 무너지지 않는 벽? 웃기고 있네. 나랑 헤어진 게 언젠데

벌써 다른 남자를 만나고 다녀? 야! 채수아, 강철! 너희 오늘 죽었어!"

해용은 자기도 모르게 소공원에 널브러져 굴러다니는 초록색 벽돌을 들고 바람처럼 두 사람에게 달려들었다.

연애 세포 핵분열 중

"하이!"

녀석이 또 고개를 들고 인사했다. 피파를 하던 근복은 벌떡 일어났다.

'에이, 귀찮아. 메시가 골 넣기 직전이었는데.'

요즘 이런저런 이유로 시도 때도 없이 존재감을 알리는 녀석에게 이끌려 근복은 화장실 문을 열었다. 갑자기 오줌이 이렇게 격렬하게 마렵다니.

그런데 화장실 안에서 누군가 씻는 소리가 들렸다.

쏴아.

'이 시간에 누구지? 아직 엄마 올 시간 아닌데.'

얼핏 시계를 보았는데 거실이 어둑어둑해서 잘 보이지 않았다. 근복은 화장실 문을 열었다. 희뿌연 수증기로 가득 찬 욕실

욕조 안에서 누군가 물소리를 참방참방 내며 물을 어깨에 끼얹고 있었다.

"누구세요?"

근복이 욕실 안을 보며 소리쳤다. 그러자 그 사람은 놀라는 기색도 없이 천천히 일어났다. 자세히 보니 실오라기 하나 걸치지 않은 여자였다. 가슴은 커다란 멜론만 했다. 근복은 침을 꿀꺽 삼켰다. 수증기가 더 뿌예져서 앞에 선 여자의 모습이 정확히 보이지 않았다. 애가 타기 시작했다. 근복은 그 여자에게 무슨 말을 해야 할지, 어떤 행동을 해야 할지 망설였다. 그 순간, 여자가 욕조에서 나왔다.

'어?'

여자는 짝 새봄이였다.

'어떻게 네가 우리 집엘?'

근복이 속으로 생각하고 있는데, 물기가 묻어 축축한 새봄의 손이 근복의 어깨를 잡았다. 뜨듯한 물기가 근복의 티셔츠에 배어들었다. 근복이 정신을 차릴 새도 없이 새봄이 근복에게 입을 맞추기 시작했다. 새봄의 입술이 근복에게 부드럽게 닿고, 새봄의 볼록한 가슴이 근복의 가슴을 압박했다. 근복은 자기도 모르게 숨을 참고 침을 꿀꺽 삼켰다. '그럼 과감하게 한번…….'이라고 생각하며 새봄을 껴안은 두 손에 힘을 주는 순간, 아득하게 핸드폰 알람 소리가 들렸다.

그 소리에 화장실 밖을 힐끗 본 근복은 다시 새봄을 보려고 고개를 돌리려 했지만, 목이 움직이지 않았다. 안타까운 마음에 손을 뻗어 보았지만, 근복이 눈을 떴을 때는 현실과 꿈의 경계를 알리는 듯한 아침 햇살 한 줄기만이 방 안에 사선으로 길게 내리꽂혀 있었다.

핸드폰으로 시간을 확인해 보니 아침 7시 40분. 근복은 진심으로 아직 할부가 22개월 남은 스마트폰을 던져 버리고 싶었다. 그동안 꿈에 생각지도 않은 연예인이 나와 그 연예인이 갑자기 좋아진 적은 있었지만, 현실 인물이 등장한 것은 처음이었다. 게다가 이번 꿈은 꿈이라고 하기엔 너무 생생했다. 당장 학교에서 어떻게 새봄이를 봐야 할지 모르겠다는 생각이 들었다. 이불을 들치고 아래를 내려다보니 다행히 화산 폭발은 하지 않았지만, 아직도 녀석은 화가 나 있었다.

근복은 방문을 박차고 나와 샤워를 하면서 녀석을 달래 주었다.

'이런 젠장! 예전에 춘향이는 이몽룡하고 열여섯에 했다는데, 난 전염병 자가 격리도 아니고 자가 분출이라니……. 셀프 분출이라니! 쯧쯧, 불쌍하다, 불쌍해. 태동이는 좋겠네. 짜식!'

근복은 죄책감과 개운함, 찝찝함과 흥분이 뒤섞인 감정으로 머리를 감기 시작했다. 거울을 보니 어제 '창포 머리'에서 테러당한 머리가 어떻게 해도 수습이 되지 않았다. 어쩌면 꿈속에서 새봄은 근복의 머리를 보고 도망친 것일 수도 있다.

'그냥 개그 스타일로 가야겠다. 망했네.'

어떻게 해도 답이 안 나오는 머리를 매만지면서 근복은 우당탕 화장실에서 나왔다. 머리에서 물을 뚝뚝 흘리며 나오는 근복에게 엄마는 오징어 젓갈에 청양 고추를 반 개 잘라 넣어 참기름과 함께 비벼 주었다. 하지만 근복은 밥숟가락을 뜨는 둥 마는 둥 하다 그릇을 개수대에 넣었다.

"잘 먹었습니다."

"아들? 어디 아파? 왜 이렇게 힘이 없어? 오늘 마트에서 돈가스 요일 세일하는데 그거 사 올까?"

엄마가 등 뒤에서 얘기했지만, 근복은 왠지 심드렁했다. 엄마는 마트에서 젓갈이랑 반찬을 파는데 그중 근복이 제일 좋아하는 게 바로 짭조름하고 매콤한 오징어 젓갈이다. 오징어 젓갈에 밥을 비벼 먹으면 온몸의 땀구멍에서 땀이 줄줄 나면서 스트레스가 확 풀리는 느낌이 들었다. 그런데 요즘 들어 먹는 것으로는 위로가 안 될 때가 종종 생기고 있다. 근복은 내키지 않는 걸음으로 집을 나섰다.

중학생 때는 우울한 일이 있을 때나(깜지 숙제를 매시간 내주고 집요하게 검사하던 역사, 리코더와 단소로 머리를 막 때리던 음악 수업이 동시에 들었던 수요일이 최악이었다.) 벌점을 배부르게 받아서 울적할 때도, 엄마가 마트에서 사 온 바삭한 수제 치즈 돈가스, 밥숟가락으로 푹푹 떠먹는 달콤한 투게더 아이스크림이면 삶에 대한 불만이 스르르 풀렸다. 이제 근복에게 그 시절은 다시 오지 않을 옛날 같다. 엄마한테 신경질을 내고도 끼니때만 되면 방문을 열고 "어머님, 오늘 저녁 메뉴는 무엇이옵니까?"라고 묻던 순진한 시절은 이제 끝이다. 엄마가 삼겹살이라도 구워 주면 "아이고, 어머님, 사랑합니다."를 외치며 엉덩이를 저렴한 값에 흔들어 대던 유치한 근복은 더 이상 존재하지 않는다.

이게 다 벚꽃 때문이다. 그리고 이게 다 학교의 커플들과 어제 태동이 저지른 개념 없는 짓 때문이다. 근복은 작년까지 여자애들에게 별 관심이 없었다. 벚꽃, 커플, 이런 건 관심 밖의 일이었다. 컴퓨터 모니터 속 헐벗은 여인들이 근복의 시선을 사로잡긴 했으나 현실 속 여자들에게는 별로 관심이 가질 않았다. 남자애들끼리 공유하는 야한 영화 하이라이트 영상을 보면 묘한 감정을 느끼기는 했다. 그러나 그녀들과 여자애들은 볼륨부터 달랐다. 화면 속 그녀들은 호기심 대상이었으나 현실 속 여자애들은 공포의 대상이었다. 여자애들은 근복을 두세 살쯤 어린 남동생으로 대했다. 근복이 무슨 말을 하면 비웃거나 심지어 때리는 무리가 한 무리, 대놓고 귀여워하는 무리가 한 무리였다. 교실 그 어디에서도 로맨틱한 이성적 감정의 공기는 존재하지 않았다.

근복은 중학생 시절 '가방은 예쁜가방', '피아노를 던지면 어떻게 피아노' 따위의, 이제는 초등학생도 쓴웃음을 짓고 갈 언어유희를 시도 때도 없이 즐겼다. 처음엔 웃던 애들도 나중엔

'개드립 작작하라.'며 짜증을 부렸다. 근복은 중학교 3학년 여름까지 150cm대의 키를 유지하다가 여름 방학 때 175cm까지 컸다. 하지만 팔다리에 근육이 붙지 않아 엿가락처럼 늘어진 체형을 지니고 있었다. 얼굴이 뽀얗고 입술이 도톰하여 제법 귀여운 상이긴 했지만, 수염이 날 기미가 안 보이는 아기 같은 동그란 턱 덕분에 중학생 때 별명은 내내 '아들'이었다.

작년까지 '아들 근복'은 학교가 끝나면 남자애들과 축구를 하거나 와자지껄 피시방으로 몰려가 게임 레벨을 올리는 재미로 살았다.(중학생 시절 최고의 순간은 브론즈에서 실버가 되던 때와, 만렙을 찍던 그 순간이었다.) 올해 고등학생이 되고서는 학교 앞에 핀 벚꽃을 보니 마음이 심란해지면서 울렁거렸고, 솜사탕처럼 뽀송뽀송하고 뭉실뭉실한 벚꽃을 같이 보러 갈 여자 친구가 없다는 사실에 입맛이 떨어질 지경이었다. 게다가 교실과 복도는 발정기를 맞은 야생 동물들로 넘쳐나는 사바나 초원인 듯했다. '누가 누구에게 고백했는데 차였다.', '알고 보니 ○○은 문어발식 어장 관리의 지존이었다.' 같은 루머가 학교 안에 넘쳐 났다. 근복이 다니는 학교 페이스북 '광마고 찌라시'에는 '△△반 ◇◇◇, 남자 친구 있나요?', '☆☆☆, 여자 친구 있나요?', '오늘 매점에서 봤는데, 청록색 후드티 입은 이 남자애 이름이 뭔가요?' 등의 익명을 요청한 게시물들이 높은 조회 수를 자랑했다.

입학한 지 얼마 되지도 않았는데 근복이네 반에서는 벌써 다섯 커플이 탄생했다. 이 추세라면 스물여덟 명이 정원인 반에서 솔로들이 소수가 될 판이었다. 특히 건희−찬미 커플은 정말 눈꼴사나웠다. 서른다섯 살 노처녀인 담임 수지 샘이 간혹 교실을 들여다보다가 "야, 너희 떨어져!"라고 외칠 만큼 두 커플의 애정 행각은 솔로들의 마음을 괴롭게 했다. 찬미는 쉬는 시간마다 건희 무릎 위에 앉아 있었다. 점심시간에 애들이 급식 먹으러 나가고 없을 때나 청소하면서 애들의 시선이 분산되는 틈을 타서 건희가 찬미 볼에 뽀뽀하기도 했다. 근복은 멍 때리고 두리번거리다가 그 장면을 몇 번이나 목격했다.

근복이 괴로운 또 한 가지 이유가 있었다. 중학생 때와 비교했을 때 몸이 심각하게 달라졌다는 것이다. 버스 안에서 버스 손잡이를 잡고 있는 근복의 손에 여자애들 손이 스치기만 해도 아랫도리가 트랜스포머처럼 변해 온종일 가라앉지 않았다. 자음 'ㅅ'만 봐도 정신이 아득해지려고 하니, 근복은 끊임없이 제정신을 잃지 않으려고 애쓰는 자신이 너무 가련했다.

중학교 1학년 때, 수련회에 간 같은 반 애들끼리 내기를 했는데, 그 어린 나이에 생각하기에도 실로 동물스러운 내기였다. 그건 바로 같은 방을 쓰던 열다섯 명이 불을 꺼 놓고 단체로 '누가 더 빨리 나오나.' 실험하는 것이었다. 그때도 '아들 근복' 은 신체 발육의 미성숙을 인정받아 이 비밀스러운 의식이 끝날 때까지 방 밖에서 망보는 일을 했다. 1등은 중학생 때 이미 삼십 대의 외모를 지니고 있던 광호란 녀석이 차지했다. 그날 이

후 광호는 원래 별명 '노상 서' 외에도 '꼴짱'이라는 새로운 별명을 얻었다. 목격자들의 진술에 따르면 방 창문이 들썩거렸다나 뭐라나. 녀석은 중학생 때 여자랑 갈 데까지 갔다고 공공연하게 소문이 나 있었다. 그 아이의 왼쪽 팔뚝에는 자기가 직접 팠다는 파란 문신이 새겨져 있었다. 한글로 '죽마고우'를 쓰려고 했다는데 적다가 아팠는지 삐뚤빼뚤하게 '죽마ㄱ'까지 적어서 얼핏 '죽막'으로 보여 좀 없어 보이긴 했다. 그때 광호가 자기 별명이 '노상 서'라고 했을 때, 근복은 그 얘기가 자기와 상관없는 얘기인 줄 알았다. 지금 이렇게 자기가 '노상 서'가 될 줄 꿈에도 몰랐다.

처음으로 신경 쓰이는 대상이 생겼다는 낯선 감정도 근복을 혼란스럽게 했다. 근복은 같은 반 새봄의 찰랑거리는 긴 생머리를 보면 가슴 한쪽과 아랫도리가 뻐근해졌다. 새봄의 유난히 까맣고 긴 속눈썹, 하얗고 가지런해 보기 좋은 치아, 그리고 블라우스와 조끼를 입고도 늘씬한 허리를 보면 아찔하기까지 했다. 새봄이 덕분에 학교 올 낙이 생긴 것 같았다. 엉덩이에 딱 붙게 교복 치마를 짧게 줄여 입은 새봄을 보면 입가에 저절로 미소가 지어졌다. 지난주엔 자리 뽑기를 했는데 근복이 3번을 뽑고, 끝까지 비어 있던 근복의 옆자리 4번을 새봄이 마지막에 뽑았다. 그때 근복은 교회를 안 다닌 지 몇 년이 지났지만 하느님께 감사의 기도를 올리기도 했다. 그런 자신은 새봄에게 제대로 매력 발산도 못 하고 있는데, 모든 면에서 자신보다 못났다고 생각했던 태동이마저 입학하고 한 달 만에 여자 친구가 생겼다고 자랑하자 근복은 삶의 의욕이 팍 꺾이는 느낌이 들었다.

　며칠 전 자정 무렵 태동이 근복에게 카톡을 보냈다. 반 애들과 쓸데없는 이모티콘이나 날리며 반톡을 하던 근복은 태동의 첫 톡에 '대박!'을 외쳤다.

　－ 형님, 여친 생겼다.
　－ 만우절 지났다. 어디서 개구라를…….
　－ 아니야, 내가 고백했더니 오늘 좋다고 사귀자고 함. 으하하.
　－ 누군데?
　－ 너 모르는 애, 12반 이유선이라고.
　－ 예쁘냐?
　－ 완전 예뻐. 개이득. ㅋㅋㅋㅋ

　카톡을 받은 다음 날. 설마 하던 근복에게 태동의 여자 친구 존재를 확실히 알려 준 일이 발생했다. 기술 가정 시간에 처음 보는 선생님이 들어왔다. 허리까지 치렁치렁한 머리카락에 웨이브를 넣고 도톰한 베이지색 투피스 정장을 입은 선생님이 교탁 앞에 서 있었다. 선생님은 아이돌 여가수 같았다. 우중충한 학교에서 좀처럼 보기 힘든 비주얼을 가진 생명체에게서 왠지 마음을 간지럽히고 달뜨게 하는 향기(분명 냄새는 아니었다.)까지 훅 나는 것 같아서, 변태 같았지만 근복은 코를 벌렁거렸다.

"오늘 아침에 기술 가정 선생님이 교통사고를 당하셔서 지금 병원에 계세요. 그래서 선생님이 보강 들어왔어요. 각자 하고 싶은 거 하세요."

근복은 눈으로 선생님을 바라보며, 머릿속으로는 선생님의 벗은 몸매를 상상했다.

'에이, 내가 왜 이러지. 변태처럼.'

근복은 오른쪽 손바닥으로 자기 오른뺨을 찰싹 때렸다.

"샘, 몇 반 담임이세요? 과목이 뭐예요?"

반장 인욱이가 남자애들이 궁금해하던 질문을 했다. 별명이 'JDI(주둥이) 요원'인 인욱이다웠다.

"아, 저는 방성미라고 해요. 과목은 윤리고, 12반 담임이에요. 참, 이 반에 태동이라고 있니?"

학교라는 공간에서 찾아보기 힘든 예쁜 선생님의 입에서 '태동'이라는 이름이 나오자, 태동이가 갑자기 대단해 보였다.

"응, 네가 태동이구나. 잘생겼네, 남자답게. 네가 우리 반 유선이랑 사귄다면서? 애들이 말해 주더라고. 유선이 정말 예쁘고 착하고 공부도 잘하는데, 태동이가 매력 있나 봐. 예쁘게 사귀고 유선이에게 잘해 줘."

항상 '내가 태동이 보다는 낫지.'라고 생각해 왔던 근복은, 유선이 담임 선생님 말에 자존감이 확 떨어졌다. 태동의 피부색은 얼굴부터 발바닥까지 까맣고 머리카락은 레게 머리 같은 곱슬

머리여서 중학생 때까지 별명이 '아프리카', '코코아', '흑마늘', '블랙 동태'였다. 그러던 태동이 지난 겨울 방학 때 키가 크면서 얼굴형에 각이 지고 콧대도 높아졌다. 그 후 '썩은 유아인'을 닮았다는 얘기를 몇 명한테 듣고 와서 자랑도 했다. 유아인이 무슨 영화제에서 상을 받았다며 자기 일처럼 기뻐하는 걸 보고, 근복은 어이가 없었다. '유아인'이 아니라 텅 빈 눈빛만 '완득이'를 닮았다고 근복이 일러 주었는데도, 태동은 근복의 말을 바로 묵살했다. 그런 태동에게 여자 친구가 생긴 것이다.

태동과 근복은 어릴 때부터 친구다. 근복 엄마랑 태동 엄마는 같은 반도체 하청 공장에 다녔는데 이웃 빌라에 살던 둘은 자매처럼 지냈다. 엄마들이 아침에 하늘색 바람막이 작업 잠바를 입고 나가면, 위로 나이 차이가 제법 나는 태동이 누나들이 근복이와 태동이를 유치원에 데려다주고 데려와 보살펴 주곤 했다. 그때만 해도 지나가던 사람들이나 심지어 태동이 누나들인 수미, 수애 누나조차 "어머, 근복이 진짜 잘생겼다. 어쩜 애가 속눈썹도 길고 얼굴도 하얗고 여자 같니?"라고 해서 근복에게는 외모만큼은 태동에게 밀리지 않는다는 자부심이 있었다. 게다가 태동의 성격은 어떠한가. 태동이 초등학교 3학년 때 불의를 저지른 남자애들을 때리고 다녀 '광마동 불주먹'이라 불리던 여자애에게 친히 색종이로 곱게 접은 걸 선물로 주었는데, 그 여자애가 그걸 받고 다리를 뻗고 울어 버린 일이 있었다. 여자애가 색종이를 펴자 나온 것은 점액질이 싱싱하게 살아 있는

40

태동의 코딱지였던 것이다. 중학생 때 태동은 무료 야동 사이트 주소를 제일 먼저 친구들에게 제공했으며, 정보 시간에는 '어떻게 하면 학교 컴퓨터로 게임과 야동 사이트에 접속할 수 있을까?'를 늘 고민하며 학교 인터넷망을 헤집고 다니던 야만적인 아이였다. 그런 흑역사를 가진 태동이가 모범생에 예쁘기까지 한 여자애랑 사귀다니……. 이건 '내가 태동이보단 낫지.'라는 일말의 자존심이 깨지고 근복이 태동이보다 곱절은 못나 보일 만 한 사건이었다.

근복이네 학교 근처에는 벚꽃이 많이 핀다. 광마고 앞으로 이백 미터 정도 벚꽃길이 양쪽으로 펼쳐져 있다. 벚꽃길은 산으로 이어진다. 산에는 꽃이 더 무성한 왕벚나무끼리 머리를 맞대어 봄이면 벚꽃 터널을 이룬다. 매년 4월이면 경기도에서 손꼽히는 벚꽃 축제가 이곳에서 펼쳐지기도 한다.

팝콘처럼 탐스러운 벚꽃이 활짝 폈던 어제. 근복은 7교시를 마치고 같은 모태 솔로 처지인 찬혁과 터덜터덜 집에 가는 중이었다. 녀석도 요즘 들어 자기가 솔로라는 사실에 땅이 꺼져라 한숨을 쉬곤 했다. 둘이 심란한 마음을 달랠 겸 피시방에 잠깐 들르자고 의견 일치를 본 찰나, 학교 앞 벚나무 뒤쪽에서 누군가 근복과 찬혁을 불렀다.

"야, 복땡이, 혁스!"

소리 나는 쪽을 바라보니 태동이가 이쪽을 향해 손을 흔들고 있었다. 태동이가 씩 웃는데 왠지 쭉 편 어깨가 더 당당해 보였다. 원래는 초코 케이크 속 생크림 같다고 놀리던 웃을 때 보이는 흰 이가 그날따라 멋져 보였다. 옆에는 키가 작아 아담하긴 하지만 긴 생머리에 얼굴이 하얗고 눈매가 시원한 유선이 서 있었다. 그 둘을 보자 근복이는 묘한 박탈감이 생겼다. 오늘따라 어쩐지 태동-유선 커플은 풍기는 분위기도 닮아 보였다.

'치, 오늘 보니 가슴은 완전 작네. 완전 절벽이구만.'

근복은 속으로 중얼거리며, 애써 자신을 위로하고 돌아서려 했다.

"복땡아, 잘 만났다. 야, 우리 사진 한 장만 찍어 줘. 전신이랑 허리 위부터 잘라서."

태동이만 있었다면 실실 웃으면서 가운뎃손가락을 들어 보이고 유유히 뒤돌아섰겠지만, 유선이 옆에서 약간 수줍은 듯 서 있었기에 할 수 없이 근복은 태동의 스마트폰을 받았다.

"야, 근복아. 넌 덜렁대서 사진 흔들리니까 그냥 저 뒤로 가서 나무 좀 흔들어. 벚꽃 떨어지는 거 연출 좀 해 줘. 그리고 혁스! 각도 잘 잡아라."

태동은 근복의 손에 있는 스마트폰을 빼앗아 찬혁의 손에 쥐여 주었다. 근복은 유선의 눈도 있고 하니, 나무로 기어 올라가 가장 큰 가지를 흔들었다.

후두두.

아직 나무에 더 붙어 있고 싶을 화사한 벚꽃잎이 펄펄 날리며, 태동과 유선의 머리와 어깨 위로 떨어졌다. 찬혁은 '하나, 둘, 셋' 하고 둘의 사진을 찍었다. 찬혁이 몇 번 더 찍자 태동은 아예 찬혁을 전문 사진 기사처럼 부리며 사진을 찍어 댔다. 태동이 유선의 어깨에 손을 두르고 있었고, 태동에게 안기다시피 한 유선이 수줍은 듯이 왼손으로 브이 자를 만들었다.

"우리 하트 할까?"

"어, 그래."

둘은 손가락으로 하트를 만들어 보기도 하고, 한쪽 다리만 들어 보기도 하더니, 마지막엔 태동이 유선의 볼에 살짝 입술까지 가져다 댔다. 보기만 해도 침을 꼴깍 삼킬 만한 포즈였다.

"어, 고마워. 사진 좀 보자."

낚아채듯 스마트폰을 가져간 태동은 사진을 보며 유선과 키득거렸다. 둘은 근복과 찬혁에게는 눈길도 주지 않고 사진을 보며 호들갑을 떨었다. 근복은 나무에서 내려왔다. 씁쓸했다.

만개한 벚꽃 아래, 근복네 학교에서 횡단보도 하나 건너 있는 바로 옆 학교인 도당고에서 쏟아져 나온 교복 입은 커플들이 벚꽃 나무 한 그루씩 차지하고 셀카를 찍거나, 지나가는 솔로 무리에게 사진을 찍어 달라고 부탁하는 몹쓸 진상 짓을 하고 있었다.

"야, 태동이 인성 갑이다. 진짜, 인간이 어떻게 솔로들한테 사진을 찍어 달라 하냐? 병신같이 난 또 그걸 각도 맞춰서 잘 찍었네. 아, 기분 더러워. 야, 저것들은 아예 모텔을 가지 왜 나무 앞에서 저러고 있냐?"

찬혁이 툴툴거리며 한 벚꽃 나무를 가리켰다. 나무 아래에는 옆 학교 남녀 커플이, 전자레인지에 지나치게 오래 돌려 형체를 알아볼 수 없는 냉동 쑥 찰떡처럼 끈적끈적하게 달라붙어 셀카봉으로 사진을 찍고 있었다.

근복은 한 블록만 더 가면 있는 피시방에 갈 계획이었다. 하지만 이 기분으로는 늘 자신을 열렬히 환영해 주던 소환사의 협곡과 웨어 하우스에 가고 싶지 않았다. 푸른 그라운드는 더더욱 누비고 싶지 않았다. 찬혁도 마찬가지 마음이었는지 둘은 통통 김밥집 입구에서 헤어져 긴 골목길을 따라 각자 집으로 향했다. 근복은 교복도 벗지 않고 침대로 들어가 이불을 뒤집어쓰고 발길질을 했다.

근복은 이불을 박차고 일어났다. 굴욕감을 만회하려면 커플이 되는 수밖에 없다고 생각했다. 그래서 가까운 미래에 태동이 유선에게 비참하게 차인다면 그 앞에서 자기가 여친이랑 잘나가는 얘기를 해 주리라고 생각했다. 생각만 해도 근복은 통쾌했다. 이제 일주일 후면 벚꽃도 질 텐데 만물이 소생하고 움트는 봄날을 이렇게 허무히 보낼 수는 없었다.

'벚꽃이 떨어지기 전, 일주일 안에 새봄에게 고백하고 커플이 되리라.'

근복은 다짐했다. 하지만 모태 솔로인 처지라 아무리 생각해도 어떻게 해야 할지 막막했다. 근복은 조심스레 인류 지식의 보고인 '녹색창'에 접속했다. 수행 평가도 온갖 숙제도 입력만 하면 답이 나오는 검색창에 '여자친구 만들려면?'이라는 질문을 검색해 보았다. 이미 많은 찌질이가 그런 질문을 올려놓았다. 근복은 안도감이 들었다.

'나만 병신이 아니구나.'

이미 많은 모솔이 질문을 올렸지만 마음에 드는 답이 없어 근복은 새로 질문을 올렸다.

모솔인데 여친 생기게 하려면 어떻게 해야 하나요? 올봄엔 꼭 벚꽃을 여친이랑 보고 싶어요. 참고로 전 고딩 남자입니다.

신상 게임 시디를 주문해 놓고 택배 아저씨의 발걸음 소리를 간절히 기다릴 때의 마음 같았다. 답이 올라오길 기다리며 근복은 물을 끓여 짜장 라면 사발면 한 개, 매운 라면 사발면 한 개에 붓고, 스포츠 채널을 틀었다. 운 좋게 바르셀로나와 첼시의 경기가 막 시작하고 있었다. 근복은 마치 처음 축구란 것을 보는 사람처럼 화면에서 눈을 떼지 못했다. 단 한 번의 패스로 일곱 명의 수비를 따돌린 네이마르의 왼쪽 발에서 나간 역전 골 장면에서 근복은 벌떡 일어나 '이야!' 하고 소리를 질렀다. 라면이 입으로 들어가는지 코로 들어가는지 모를 지경이었다. 두 팀은 전·후반을 2대 2 무승부로 끝내고 승부차기에 들어갔다. 팽팽히 맞서던 승부차기 결과, 바르셀로나의 2번 키커 알렌 하릴로비치의 공이 골대를 맞고 튕겨 나가 승부가 결정 났다. 근복은 금발과 푸른 눈을 가진 알렌의 축 처진 어깨를 감싸 안고 '형, 형 마음 내가 진짜 잘 알아. 형은 어쩌다 한 번이지만 난 인생의 8할이 헛방인걸. 나도 살잖아. 형, 날 보고 힘내.'라고 다독여 주고 싶었다.

마침내 축구가 끝났다. 근복은 알렌에게 감정을 이입해서 흐른 눈물인지, 라면을 먹어서 난 땀인지 모를 얼굴의 물기를 휴지로 닦고, 축구의 여운을 느끼며 방으로 들어가 컴퓨터 화면을 보았다. 신기하게 답변들이 그새 올라와 있었다. 근복은 얼른 글들을 훑어보았다.

-> 람보르기니를 사고, 성형 수술을 하세요. 차 생기면 여자들이 잘 꼬임.

-> RE : 그 차의 감가상각과 함께 그 여자는 다른 남자에게 감.

-> 안 생겨요, 그냥 살아요.

-> 성격 좋고 얼굴 잘생기고 키 크면 됩니다. 그러니 넌 안 됨.

-> ㅋㅋㅋ 거울을 봐라.

시간을 보니 답변들이 빛의 속도로 달린 게 분명하다. 하지만 지금 차를 살 수는 없고, 성형 수술은 더더욱 할 수 없다. 그 아래 답변자들에게는 '죽을래? 사이버 신고대에 신고한다. 네 면상 보자.'라고 댓글을 달려다 참았다. 하긴 이 좋은 봄날 밤,

컴퓨터 앞에 앉아서 이런 한심한 질문에 답변이나 달고 있는 사람들도 정상은 아닌 듯했다. 근복은 괜한 짓을 한 것 같아 멋쩍은 마음에 질문을 삭제하려 키보드에 손을 올렸다. 흡사 중학교 2학년 때, 학원 끝나고 집에 오던 어느 날 카센터 앞에서 초등학생 대여섯 명한테 1,700원을 뺏기고 한 대 맞을까 봐 아프리카 영양처럼 전속력으로 골목길을 달렸을 때처럼, 자신이 한심해 보였다. '게시물을 삭제하시겠습니까?'라는 질문에 'yes'라는 답을 누르려는 순간, 좀 전에 보지 못했던 게시물 하나가 눈에 들어왔다. 아이디 '아님 말고' 님이 남긴 글이었다.

님, 일단 주변에 있는 연애에 성공한 친구들에게 노하우를 물어보세요. 분명 그들만의 비법이 있을 거예요. 또래 여학생의 마음을 사로잡은 말과 행동을 배우세요. 연애도 일종의 스킬이 있어야 하니까요. 그리고 자신의 외모를 돌아보세요. 설마 아직도 귀두 컷에, 엄마가 골라주는 티셔츠를 목까지 잠그고 머리는 3일에 한 번 감고, 코에서 코털을 배양하고 계신 건 아니겠죠? 최악은 면도를 제대로 하지 않아 한두 가닥씩 턱에 남아 있는 수염이랍니다. 그나마 여학생들이 코딱지만큼 가졌던 호감도 코털과 수염 때문에 재가 되어 날아간답니다. 진짜 암내보다 심한 게, 다시 한 번 얘기하지만 턱에 한두 가닥 꼬들꼬들하게 남아 있는 수염입니다. 거기다 땀내 나는 체육복을 사물함에 구겨 넣었다가 다음 체육 시간에 꺼내 입는다면 고등학교 다니는 동안은 절대 고독의 시간을 면하지 못할 거예요. 당신의 순수하고 멋진 내면을 알아보기 전에 냄새나서 여자들이 떨어져 나갈 거예요. 조인성도 그러면 안 된답니다. 비싼 옷을 입으란 얘기가 아니라 자신의 외모를 돌아보란 얘기예요. 그리고 마지막,

근복은 여기까지 읽고 침을 꼴깍 삼켰다. 마치 '아님 말고' 님이 옆에 있는 듯 머리와 코와 턱을 만져 보았고 겨드랑이를 들어 암내를 확인하고 그 곰삭은 냄새에 얼굴을 찌푸린 채 서둘러 남은 글을 읽었다.

이게 가장 중요한데요, 여자들은 자기에게 잘해 주는 남자를 좋아해요. 내가 가장 특별한 사람인 것처럼 아껴 주는 남자를 좋아한다고 할 수 있죠. 가령 남자가 좋아하는 여자 친구에게 더운 날 매점에서 시원한 음료수를 사다 주는 것이 1점, 책이 없을 때 찾는 기색이 보이면 다른 반에서 빌려다 주는 것이 1점, 더운 여름에 손부채를 해 주는 것이 1점, 먼저 연락해 주는 것이 1점, 제일 중요한 건 언제나 예쁘다고 말해 주는 것. 그때마다 남자 친구의 마음 씀씀이가 여자 친구의 마음에 1점씩 마일리지처럼 쌓이는 거죠. '나 뚱뚱해졌지?', '머리 자르니까 골룸 같지?', '이 치마 다리 굵어 보이지?' 등의 질문에 '응. 그러니 작작 좀 처먹어. 밥 먹고 딸기 빙수 대자 먹을 때부터 알아봤다.', '반지의 제왕 4에서 캐스팅 들어오겠다.', '동물원에서 코끼리 탈출한 듯.'이라고 정직하게 대답한다면 님은, 아아, 다시 솔로가 되는 거죠.
여자들이 듣고 싶은 대답은 '아니. 네가 제일 예뻐.'랍니다. '김태희가

예뻐? 내가 예뻐?' 이런 말도 안 되는 질문에도 항상 답은 정해져 있다는 거, 아시죠? '닥쳐라. 어디 김태희 님하고 비교하냐?'라고 했다간 마일리지는 물거품이 되는 거죠. 여자들이 원하는 답은 진실이랍니다. 이게 무슨 진실이냐고요? '내 남자에게는 무조건 예뻐 보이고 싶다.'가 진실인 거죠. 여자들도 다 알고 있어요. 이미 자기 몸무게, 변덕스러운 성격, 이런 거를 다 알아요. 그냥 인생은 속고 속아 주는 척하는 거죠. 짜증 나죠? 그래도 내가 좋아하는 여자가 그러면 짜증 안 날 걸요. 게다가 의외로 이 단순한 걸 모르는 남자들이 참 많아요. 그럼 더 짜증 나는 일이 많아진답니다. 어차피 살기 힘든 거, 서로 이렇게 돕고 사는 거예요.

여자들은 옆에서 소소하게 아껴 주고 먼저 예쁘다고 말해 주고 사소한 거 챙겨 주는 남자를 좋아해요. 여자들은 처음엔 마음에 안 들다가도 자기에게 잘해 주는 남자에겐 어느 순간 끌리게 되어 있답니다. 그러니까 좋아하는 친구에게 계속 마음을 표현하고 잘해 주는 게 어떨지. 조급하게 생각하지 말고 저 친구를 어떻게 배려해 줄지 생각해 보는 게 좋을 것 같아요. 참, 여자가 정색하고 '아니!'라고 할 때, 정말 아닌 거니까 잘 구분하셔야 해요.

저도 고등학교 때 생각나서 미소 지어 봅니다. 저 고등학교 때 남자 친구에게 사회 책에 나온 여자 사진을 가리키며 "와, 얘 예쁘다. 그렇지?"라고 했다가, 그 남자 친구가 저에게 화를 벌컥 내며 "닥쳐. 네가 더 예뻐. 공부나 해."라고 했던 훈훈한 과거가 있네요. 그 아이는 사랑꾼이어서 1년 후 저를 떠났지만 ㅠㅠ, 어쨌든 뭐 그런 스킬도 익히시길! 답변 채택 부탁해요. 그럼 건투를 빕니다.

근복은 답변 채택, 만족도 100%를 누르고 자기도 모르게 머리를 조아리며 댓글을 달았다.

님 글을 보니 저에게도 희망이 보이네요. 만수무강하시고 복 받으세요.

근복은 '아님 말고' 님의 글을 곱씹다가 태동에게 카톡을 보냈다. 며칠째 태동은 쉬는 시간에는 유선이 본다고, 급식실 갈 때도 유선이랑 밥 먹는다고 복도로 뛰쳐나갔다. 뛰쳐나간다기보다는 튀어 올라 나가는 용수철 같다고나 할까. 요즘 유선이 때문에 근복은 안중에도 없는 자식이라 자존심이 상했지만 벚꽃은 이 시각에도 떨어질 채비를 하고 있었다. 벚꽃이라는 종자가 하나라도 나무에 붙어 있을 때, 태동에게서 연애 성공 노하우를 들어야 했다.

- 동태, 뭐함?
- 피시방.
- 유선이는?
- 야자.
- 그럼 잠깐 나와라.
- 왜?
- 할 말 있어.

― 싫은데.

― 울랄라버거 울트라 트리플 베이컨 버거 세트 쏠게.

― 사랑해. 친구야. 형님이 울랄라버거로 갈게.

4월 둘째 주지만 아직 저녁에는 쌀쌀했다. 근복은 추리닝 위에 얇은 기모 집업을 입고 울랄라버거로 갔다. 아직 태동이 오기 전이라 스마트폰으로 옷을 검색했다. 다음 달에 용돈을 받으면 티셔츠랑 바지를 사야겠다고 마음을 먹고 있는데 태동이 들어왔다. 이번 달 주머니에 남은 용돈 대부분이 이곳에서 근복과 태동의 배 속으로 들어가리라. 근복이 버거 세트를 내오자, 태동은 단 네 입 만에 버거를 먹어 치우고 근복의 버거까지 눈독을 들였다.

'저 아까운 걸 다 처먹네.'

근복은 속으로 투덜거리며 감자튀김만 쓱 밀어 주었다.

"왜 불렀냐?"

"물어볼 게 있어서."

"네가 수행 평가 뭐 이런 걸 물어볼 리는 없고."

태동은 요즘 들어 부쩍 건들건들해졌다. 그게 다 솔로 탈출을 해서 그렇다고 생각하니 먹던 햄버거가 솟구쳐 오르는 느낌이었지만 꾹 참았다. 근복은 태동에게 얼음이 동동 떠 있는 콜라도 건넸다.

"어, 그게……. 네가 유선이랑 어떻게 사귀게 되었는지 궁금해서…….”

“내가 왜 너한테 그걸 알려 줘야 하는데?”

“벚꽃도 폈고, 나도 이번에 모솔 탈출하려고……. 야. 솔직히 말해서 외모는 내가 더 낫잖아. 뭔가 비법이 있으니까 모솔을 탈출했겠지. 빨리 말해 봐. 근데 너 키스는 했냐? 진도는 어디까지? 설마 너…….”

“하하. 내가 너처럼 입술과 입을 오로지 음식 처먹는 데만 사용하는 줄 아냐? 내가 이렇게 햄버거를 같이 먹어 주는 걸 영광으로 알아라.”

근복은 태동의 손을 꼭 잡았다. 근복은 무협지에서 백수건달 주인공이 무림 고수에게 무릎을 꿇으며 지었을 법한 간절한 눈빛으로 태동을 쳐다보았다. 근복에게 태동은 뭔가 자신과는 다른 경지에 다다른 제3의 인류처럼 느껴졌다.

“내가 사실 누나가 둘이잖아. 누나들한테 배운 것도 있고.”

“그게 뭔데?”

“그걸 맨입에 알려 줄 수는 없고……. 그냥 어떻게 유선이랑 사귀게 됐는지 간략 버전으로 알려 줄게. 유선이 한 시간 있다가 야자 끝나는데 기다렸다가 데려다줘야지. 아예 나도 야자 할까? 그 시간 동안 보고 싶어도 참고 기다려야 하니까 그게 완전 힘드네.”

근복은 제 귀를 의심했다. 태동이 야자 할 생각을 하다니. 사랑에 미치면 사람이 미친다더니 태동이 미쳐 가는 중인 것 같았다. 태동의 이마에 손을 대 보았지만 열은 없었다.

태동은 인문계 고등학교에 정원 미달로 간신히 들어왔다. 급식이 부천에서 제일 맛있다는 소문 때문에 이곳 광마고를 왔을 뿐, 학교의 모든 수업 시간을 '견디며' 보내고 있는 태동이다. 그런 태동이 야자를 하겠다니. 태동은 근복의 놀란 눈을 본 척만 척하고 거드름을 피우며 이야기를 시작했다.

"야, 너 학교 다니는 이유가 뭐야?"

"그야, 급식하고 체육 시간이지."

"그렇지. 너 그날 생각나냐? 도넛 나온 날."

"응."

"3월 달에 딸기 우유랑 도넛 나온 날. 그날 너랑 찬혁이는 먼저 가고 나는 체육부장이랑 체육관 정리하다 좀 늦게 급식실 갔잖아."

"그날 기억나지. 가위바위보로 딸기 우유 몰아주기로 해서 찬혁이한테 다 뺏겼지. 그날 정말 117에 신고 할 뻔했어."

"그날, 배식 아줌마 앞에 줄 서서 이렇게 둘러보는데, 진짜 갑자기 어떤 여자애가 확 꽂히는 거야. 키도 작은 것 같고 얼굴도 작고 입도 작고, 그런데 걔 주변에서 광채가 나는 거야. 옛날에 우리 교회 다닐 때 보면 하느님 뒤로 빛이 비치는 거 있잖아."

"그래서?"

"걔를 쳐다보느라 식판을 비스듬히 들고 있어서 체육복에 된

장국 질질 흘렸어. 근데 걔도 어느 순간 내 시선을 의식한 거야. 걔가 다 먹고 친구들이랑 나가기에 난 밥도 안 먹고 따라 나갔지."

근복은 갑자기 태동이 다른 존재로 보이기 시작했다. '사랑은 은하수 다방 문 앞에서 만나 홍차와 냉커피를 마시며 매일 똑같은 노래를 듣다가 온다네.'라는 노래는 들어 봤지만 '사랑은 급식실 문 앞에서 만나 볶음밥과 된장국을 받다가 체육복에 국물을 묻히며 온다네.'라는 얘기는 처음 들어 봤기 때문이다. 근복이 가위바위보로 뺏긴 도넛과 딸기 우유에 흥분했을 때 태동은 박력 있게 식판을 엎고, 사라져 가는 한 여인의 뒤를 쫓아갔던 것이다.

"걔 따라갔더니 12반이더라고. 그래서 뒷문에서 계속 걔를 쳐다봤지. 그렇게 한 이틀 쳐다보다가 걔네 반에서 나오는 애한테 쟤 이름 뭐냐고 물어봤어."

"야. 이 자식 완전 스토커네. 그래서 걔가 신고 안 했냐?"

"내가 너냐? 아무튼 이름도 알았겠다. 그 후로도 며칠 동안 교실 앞에서 알짱거리고 쳐다봤지. 걔 페이스북에 친구 신청도 하고."

"오. 그래서 네가 그때 똥 마려운 강아지처럼 매번 어딜 갔었구나."

"걔가 친구 추가해 주더라고. 내가 막 뭐 물어봤지. 어디 사냐, 이런 거."

근복은 태동의 용기에 입이 쩍 벌어졌다. 태동에게 저런 세렝게티 초원의 맹수 같은 저돌적인 면이 있었다니.

"고백은 언제 하고 뽀뽀는 언제 했어?"

"걔가 인천 살더라고. 여기서 한 시간 정도 걸리는데 작년에 아빠 회사 때문에 이사해서 그냥 다닌대. 친구들도 다 여기 살고. 김포 공항에서 내려서 갈아탄다기에……."

"설마 김포 공항 가서 기다린 거야? 우아, 완전 스토커네."

"그날 있잖아. 우리 동아리 있던 날. 동아리 땡땡이치고 김포 공항 버스 정류장에 가서 기다렸지."

"야, 진짜 오글거린다. 고데기 없냐?"

"50번 버스가 한 세 대쯤 지나가니까 유선이가 내리는 거야. 날 딱 알아보더라고."

근복은 계속 놀란 입을 다물지 못하고 있었다.

"유선이가 '너 왜 여기 있냐.'고 묻는데 온몸이 부들부들 떨리더라. '난 네가 좋다. 우리 사귀자.'라고 했지. 걔가 빙그레 웃더니 아무 말이 없어. 그러더니 내일 답을 주겠대."

"그리고?"

"그리고 다음 날 내가 반으로 찾아갔더니 '결론은…… 좋다!' 하더라고. 그때 진짜 세상을 다 얻은 것 같더라."

근복은 이 믿을 수 없는 러브 스토리의 주인공이 어릴 때 파워 레인저 로봇 시리즈, 탑 블레이드 팽이를 사 달라고 땅바닥을 뒹굴며 부모님께 떼를 써서 동네에서 '땅거지'로 유명했던 어린 이태동과 동일 인물이라는 게 믿기지 않았다.

"이제 됐냐? 형님은 이제 유선이 야자 끝나서 집에 데려다주러 가야 돼."

근복은 일어나려는 태동의 손을 황급히 낚아챘다.

"야, 키스는? 가슴은? 했냐? 했어? 짜식 표정이 했네, 했어."

태동은 가소로운 표정으로 근복에게 말했다.

"우리 누나들이 말해 준 비법이 뭔지 얘기해 줄까? 여자들이 제일 혐오하는 인간이 자기 연애 얘기를 어디 가서 나불대고 다니는 남자래. 내가 이 얘기한 거 입 싼 네가 여기저기 나불대고 다니다가 유선이 귀에 들어가 봐. 그럼 나만 병신 되는 거지. 미쳤냐? 지금 막 연애 시작하는 내가 그런 짓을 하게? 억울하면 너도 연애를 하시든지."

태동은 근복의 손을 뿌리치더니 거리를 향해 바람처럼 내달았다.

근복은 햄버거 가게에서 나왔다. 주머니에 남은 6,000원을 만지작거리며 집으로 가려고 하다가 '아님 말고' 님의 조언이 떠올랐다. 옷이야 교복이니 바꿀 수가 없고, 여자들처럼 화장을 할 수도 없었다.

'귀라도 뚫어야 하나?'

하지만 귀는 아파서 못 뚫을 것 같았다. 유일하게 외모에 변화를 줄 수 있는 방법은 헤어스타일을 바꾸는 일뿐인 것 같았다.

'그래, 헤어스타일을 확 바꾸는 거야.'

이번 참에 세련된 분위기의 미용실 '다주노'나 '박송충 헤어'에 가 보고 싶었지만 주머니에 남은 돈이 6,000원뿐이라 동네 미용실에 갈 수밖에 없었다. 머리에 돈을 쓰기에는 피시방에 갈 돈도 모자라는 처지였다.

가로등 어두운 골목에서 스마트폰으로 최신 헤어스타일을 몇 개 검색해 보고 엄마의 단골 미용실인 '창포 머리'로 들어갔다. 미용실 아줌마는 맛집 소개 TV 프로그램을 보며 뻥튀기를 먹다가 늘어지게 하품을 하더니 뻥튀기가 목에 걸려 캑캑거리고 있었다. 근복이 들어오자 한 손으로 입에서 튀어나오는 뻥튀기를 도로 집어넣으면서 일어났다.

"앉아라. 늘 하던 스타일?"

그 스타일이란 그동안 아줌마가 해 주던 구레나룻과 뒷머리를 시원하게 민 일명 '귀두 컷'을 의미했다.

근복은 손사래를 쳤다.

"저, 이제 고등학생도 되었으니까요……, 스타일 좀 바꿔 보려고요. 음, 요즘 유행하는 댄디 리젠트 컷하고 모히칸 투 블록 스타일 중에 어떤 게 제 얼굴에 어울릴까요?"

"뭐? 단디 뭐? 두부로 스타일?"

창포 아줌마가 오른쪽 눈을 찡그리며 되물었다. 근복은 스마트폰으로 검색한 남자 아이돌의 댄디 리젠트 컷과 모히칸 투 블록 스타일 사진을 보여 주었다. 창포 아줌마는 돋보기안경을 쓰고 스마트 폰을 멀찍이서 들여다보더니, 모히칸 투 블록 스타일을 가리키며 말했다.

"근복아, 늘 하던 거랑 비슷한데?"

아줌마는 근복을 의자에 앉혀 놓고 자신만만하게 검지에 작은 가위를 넣고 한 번 돌렸다. 근복은 약간 불안하긴 했지만, 파마가 오래가고 컬이 잘 나온다며 언제나 엄마와 동네 아줌마들에게 좋은 평을 듣는 창포 아줌마를 믿어 보기로 했다. 바리캉이 윙윙 소리를 내며 지나갔고 근복은 점점 달라지는 모습을 거울로 확인했다.

'이제 세련되고 반항적으로 보이겠지? 아들이라는 말은 안 듣겠지?'

근복은 마음이 들떴다. 그런데 아줌마의 바리캉 소리가 달팽이관을 통과하자, 갑자기 근복의 전두엽에 현실 파악 능력이 생겨나기 시작했다. 근복은 짧은 순간 재빨리 미용실을 살펴보았다. 일단 미용실 이름이 '창포 머리'다. 작명 센스부터 절망적이다. 근복이 '엇!' 하며 멈칫하는 순간, 파마할 때 쓰는 롤과 부직포들이 수북이 쌓여 있는 광경, 문밖에 얼룩덜룩한 수건이 건조대에 빈틈없이 걸려 있는 광경이 이곳에 처음 온 듯 눈에 들어왔다.

근복은 새삼스레 창포 아줌마를 다시 쳐다보았다. 오늘따라 아줌마의 외모는 예술적인 감각과는 거리가 멀어 보였다. 창포 아줌마는 팔다리는 가늘었지만 아랫배가 나왔고 눈도 약간 튀어나와 E.T 같은 인상을 주었다. 와인 색으로 염색하고 샤기 컷을 한 헤어스타일은 일본의 한물간 록 밴드 리드 보컬을 떠올리게 했다. 콧잔등에 돋보기를 하나 걸치고 진지하게 가위질과 빗질을 하는 아줌마의 입술엔 립스틱이 번져 있었고, 파운데이션 대신 생활의 피로가 얼굴 곳곳에 묻어 있었다.

아줌마는 까만색 티셔츠에 까만색 짧은 치마 레깅스를 입고 있었는데, 그것은 뭐랄까, 백화점에 진열된 '옷'이라기보다는 다이소에 파는 '생활용품'을 입고 있는 것처럼 보였다. 문득 근복은 자신의 머리가 '창포 머리'가 아니라 '쑥대머리'가 될지도 모른다는 일말의 불안감이 스멀스멀 들기 시작했다. 십여 년간 미용실을 드나들면서 처음 느끼는 감정이었다. 국어 시간에 배운 '낯설게 하기'가 처음으로 와 닿는 순간이었다.

'앗!'

바리캉이 몇 차례 격렬하게 뒷머리, 옆머리를 쳐 냈다. 근복의 옆머리 속살이 순식간에 훤히 드러났다. 머리 자르는 과정 대부분에 바리캉을 사용할 때부터 예견된 상황이긴 했지만 거울 속의 근복은 자신의 모습을 보고 울상이 되었다. 작년에 가사실 청소하다가 매실 음료수인 줄 알고 EM 발효액을 먹었을 때 표정이었다.

투 블록이 아니라 쓰리 블록, 아니 포 블록은 쳐 내려간 스타일이었다. 어릴 적 연못에서 보았던 개구리밥 모양만 머리 위에 남고, 나머지 부분은 파르라니 절벽이었다. 위쪽 개구리밥 부분만 더 자르면 그대로 논산 훈련소에 입대해도 될 만한 머리였다.

"됐지? 네가 말한 딱 그 스타일이네."

창포 아줌마는 뿌듯하게 웃으며 스펀지로 얼굴에 묻은 머리카락을 털어 주었다. 진심으로 만족하는 얼굴이었다. 근복은 거울을 보며 '이게 아닌데!'라고 큰 소리로 울부짖고 싶었으나 얼른 6,000원을 던지듯 아줌마에게 드리고 미용실에서 나왔다. 고객이 원하는 스타일로 머리를 다듬는지, 주인이 할 수 있는 스타일로 머리를 다듬는지가 유명한 미용실과 동네 미용실의 차이라던 태동의 말이 번뜩 생각났다. 근복은 왜 드라마에서 어른들이 일이 안 풀릴 때 쓴 술을 마실까 궁금했는데, 술이 한 잔 당기는 날이 바로 오늘 밤 같은 날이라는 걸 알았다. '이 머리로 과연 학교에 갈 수 있을까?'라고 고민하다가 냉장고에 삼 분의 일 정도 남아 있는 소주를 꺼내 소주병 주둥이에 입을 대고 꿀꺽꿀꺽 원샷을 하고 스르륵 잠이 들었다.

술기운 탓인지 오늘 아침 꿈속에 새봄이 강렬한 모습으로 등장해 주었지만, 근복은 새봄을 허무하게 놓쳤다. 근복은 '망할 헤어스타일' 빼고는 아무것도 달라진 것 없이 어제보다 더 못난 모습으로 교실 문을 열었다.

'제발 아무도 관심 두지 마라. 그냥 하던 거 해라, 다들.'

이렇게 속으로 생각하며 근복은 1분단 두 번째 줄 자기 자리로 가서 앉았다. 스마트폰으로 피아노 건반을 두드리던 인욱이 잠깐 근복을 힐끗 보더니 눈이 커졌다. 먹잇감을 찾은 하이에나의 눈알을 보았는가? 인욱은 동료 하이에나들까지 불러들였다.

"어? 근복이 머리 잘랐네? 야. 너 엄마가 잘라 줬냐? 짜식, 어머니 잘 계시지?"

"멋있다. 입대를 축하한다."

"그대로 경부 타고 논산 훈련소."

"야. 초코파이 보내 줄게."

"너 진짜 못생겼다."

마지막 하이에나, 태동의 말에 수학 문제집을 풀던 새봄이가 근복을 돌아보고 활짝 웃으며 말을 건넸다.

"킥킥. 그러게. 너 정말 못생겼는데, 머리까지 그렇게 하니까 더 못생겼어. 넌 진짜 키가…… 아깝다."

새봄의 말이 송곳처럼 근복의 마음을 찔렀다. 그러자 태동이 이미 너덜너덜해진 근복의 목덜미를 물었다.

"야, 너 누구 닮았어. 엄청 유명한 사람."

새봄이 샤프까지 내려놓고, 몸을 돌려 태동에게 물었다.

"누군데?"

"북한 김정은."

태동이 깐죽대며 말하자, 새봄이를 비롯한 주변 친구들이 '와아' 하고 웃었다. 새봄 옆에 앉아 있던 미령이마저 킬킬거리며 말했다.

"너 근데 머리가 뚜껑 같아. 쓱 잡아당기면 벗겨질 거 같아.

까만색 유치원 모자 같은데?"

근복은 모기 물려서 긁은 곳에 물파스를 바른 것처럼 가슴이 쓰려 왔다.

'난 아직 커플은 무리인가 봐. 새봄이가 스마트폰으로 여자 연예인을 보면서 "와, 얘 진짜 예쁘다." 하면 "닥쳐, 네가 더 예뻐."를 하려고 맹연습했는데……. 당장 오늘 매점에서 새봄이가 좋아하는 나나콘이랑 피크닉을 사다 무심한 척 "너 먹어."라고 말하며 용기를 내려고 했는데…….'

새봄은 근복을 남자로 생각하지 않는 기색이 역력했다. 근복은 심란한 마음에 수업 시간 내내 목과 어깨가 뻐근해질 정도로 잠만 자다가 집에 왔다.

종례 후 근복은 집에 도착해서 현관문을 열었다. 언제나 7교시가 끝나면 집에 엄청 급한 일이 있는 애처럼 내달려 오지만, 늘 그랬듯 집에는 아무도 없고, 아무 일도 없었다. 냉장고를 열어 보니 찬밥과 된장국, 호박 나물이 있긴 했지만 물을 끓여 불닭볶음면을 먹었다. 냉동실을 열어 보니 늘 한두 개씩 굴러다니던 아이스크림이 하나도 보이지 않았다. 근복은 시원한 게 먹고 싶어서 책상 서랍과 엄마 화장대를 뒤져 동전들을 긁어모았다. 2,200원을 만든 근복은 슬리퍼를 신고 슈퍼로 가 음료수 냉장고에서 자기도 모르게 맥주 한 캔을 꺼냈다. 엄마 심부름 말고 제 돈 주고는 처음 사 보는 술이었지만, 슈퍼 아저씨의 의심을 사지 않으려고 자연스럽게 행동했다. 맥줏값은 1,700원이었다. 맥줏값을 제하고 남은 돈은 500원.

'천하장사 소시지를 살까, 오다리를 살까?'

안주를 고민하며 계산대로 몸을 돌리니 낯익은 뒷모습이 있었다.

"어? 누나?"

태동이 둘째 누나 수애였다. 수애는 근복네 학교를 재작년에 졸업했다. 당시 서울에 있는 J 대학 심리학과에 논술 전형 수석으로 합격해서 학교 정문에 달린 플래카드에 이름이 걸리기도 했다. 근복은 대학생이 된 수애를 통 보지 못했는데 이렇게 만나니 반가운 마음이 들었다. 수애는 등록금 때문에 이런저런 아르바이트를 하는데, 요즘은 투썸 플레이스에서 일하고 있다고 했다. 누나가 가끔 조각 케이크를 가져온다고 했던 태동의 말이 기억났다. 수애도 근복을 알아보고 환하게 웃었다.

"어머, 우리 잘생긴 근복이 아니야! 오랜만이다. 근데 너 술 마시니?"

"아."

그제야 한 손에 든 맥주를 뒤로 감추려 했지만 수애는 맥주를 빼앗아 계산대에 올려놓았다.

"아저씨, 이것도 같이 계산해 주세요."

계산대 위에는 오버나이트 생리대와 치약 다섯 개 묶음, 감자 과자, 소주 한 병이 이미 올려져 있었다. 수애 누나는 고등학생 때랑 크게 변하지 않았지만, 긴 생머리에 살짝 화장을 하고 몸에 딱 붙는 스키니진에 청남방을 입고 있어서 세련되어 보였다. 어떻게 푼수 태동 엄마에게서 저런 참한 누나가 나왔는지, 게다가 저런 누나 밑에서 어떻게 태동이 양아치처럼 컸는지 참 모를 일이라고 근복은 생각했다.

"나 어제 카페 알바 관뒀거든. 사장이 시급 1,000원 더 올려 준다고 좋아했는데, 별로 돈이 안 되더라고. 대학생 되자마자 채무자다. 돈 되는 건 뭐든지 하고……. 마침 시뻘건펜 논술 첨삭해 주는 거 운 좋게 구해서 집에 가서 하려고. 근데 너를 딱 만났네. 야, 너 그간 좀 멋져졌다."

수애가 묵직한 쇼핑백을 들어 보이더니 그 팔로 근복의 목덜미를 둘렀다. 어릴 때부터 수애가 태동과 근복을 양쪽 팔로 두르고 헤드록을 걸곤 했는데 오늘은 수애의 젖가슴이 근복의 이마 쪽에서 말캉하게 느껴져 근복은 정신이 혼미해졌다. 괜히 민망해진 근복은 말을 돌렸다.

"아, 근데 누나 채무자가 뭐야?"

"킥킥. 맞다, 너 태동이 친구지. 킥킥. 빚쟁이라고, 네 미래. 등록금이 완전 답이 없거든."

수애가 헤드록을 풀었다. 말은 그렇게 해도 근복이 보기에 누나는 밝아 보였다. 아르바이트를 해도 고급스러운 아르바이트만 하는 것 같고, 어쨌든 인 서울 대학생이라니 마냥 부럽기만 했다. 근복이 생각하기에 지금 근복의 성적으로는 집에서 상당히 먼, 공기 좋고 물 좋은 곳에 있는 대학을 갈 것 같았다. 어쩐지 경운기를 타고 강의실을 갈 것도 같았다. 대학에서 자기를 받아만 준다면 애들이 농담으로 말한 완도 대학 미역건조학과나 서해 대학 바지락심리학과라도 가야 할 것 같았다. 물건을 담은 검은 비닐봉지와 쇼핑백은 자연스레 근복이 들었다. 둘은 나란히 슈퍼에서 나와 태동의 집 앞에 섰다.

"야, 우리 집 들렀다 가. 어제 가져온 케이크 먹고 가."

수애가 근복의 팔을 잡아끌었다. 어릴 때야 제집 드나들 듯했던 태동의 집이었지만 오랜만에 누나랑만 집에 간다니까 괜히 긴장되었다. 수애가 현관문을 열고 들어가 거실과 주방에 불을 켰다. 수애가 냉장고에서 티라미수와 이슬 같은 설탕 장식이 있는 딸기 케이크를 꺼냈다.

"이리 와 앉아. 저녁 안 먹었지? 이거라도 먹고 가. 아님……, 라면 먹고 갈래?"

"라면은 됐어. 먹고 왔어."

수애가 맥주 캔 뚜껑을 따서 건넸다.

"너 뭐 고민 있냐? 아님 고1이 벌써 알코올 중독인가?"

수애는 뭐가 우스운지 킬킬 웃었다.

"참, 너 태동이 요즘 연애하는 거 알지?"

"어."

"여자애 어떤 앤 줄 알아?"

"공부도 잘하고, 뭐 괜찮은 애라던데?"

"어제 집에 와서 현관문 여니까 태동이랑 여친이랑 아주 빈 집에서 후끈하더라고."

"정말……?"

'새끼, 어제 햄버거 처먹고 유선이를 집에 데리고 왔구먼. 늑대 같은 자식. 부럽네. 능력 있는 놈.'

근복은 속으로 중얼거리며 티라미수를 포크로 푹푹 떠먹었다.

"네가 친구니까 태동이한테 혹시라도 사고 치지 말라고, 꼭 전해 줘. 태동이야 그런데 여자애가 무슨 일 생기면 힘들어지잖아. 현관문 열었다가 둘이 민망할까 봐 5분 뒤에 다시 들어갔더니 튀었더라고. 암튼 늘 빈집이 문제야. 빈집이. 그건 그렇고 웬 술?"

근복은 어릴 때부터 태동과 근복이 싸우면 꼭 태동이 편만 들던 수미 누나보다는 은근히 근복을 챙겨 주던 수애 누나를 더 따랐다. 근복은 입이 떨어지지 않았지만 맥주를 연거푸 세 모금 마시고는 조심스레 용기를 내서 입을 열었다.

"아, 그게. 같은 반에 내가 좋아하는 애가 있거든. 근데 걔가 날 남자로 생각을 안 하는 것 같아서. 누나, 이럴 땐 어떻게 해야 돼?"

누나는 컬러 렌즈를 꼈는지 커다래 보이는 눈동자를 더 동그랗게 뜨고, 손뼉을 치며 크게 웃었다. 오른손으로 근복의 머리를 헝클어뜨렸다.

"으하하. 너 2월생이라서 유난히 뭐가 늦다고 그랬는데 드디어 우리 근복이도 남자가 되려나 보네. 참 어젠가 인터넷에도 너 같은 애 한 명 있어서 답변도 달아 줬는데."

"어? 누가 뭐라고 물어봤는데?"

"누나가 심리학과라 이번에 청소년 상담사 자격증 따거든. 그래서 인터넷 상담 실적 기록을 내야 해서 이것저것 답글 달아 줬는데, 요즘 애들 질문이 참 재밌어. 모태 솔로가 무슨 흉이라고. 그냥 외모 잘 가꾸고 잘 씻고 다니라고 했는데 걔가 잘 알아들었나 몰라. 히히."

'헉! 그럼 누나가 '아님 말고' 님이라고? 세상 진짜 좁네!'

수애는 다행히 근복이 그 '처절, 찌질한 모솔 탈출남'이라는 걸 눈치채지 못하고 이야기를 이어 나갔다.

"뭐, 누나가 살아 보니 별거 없더라고. 너처럼 좀 어리바리하고 어려 보이는 애들은 후배들을 노려야 해. 여자들이 원래 동갑을 만만하게 보거든."

수애는 소주잔에 소주를 콸콸 따라 한 입 마시고는 과자를 한 움큼 입에 넣으며 뭔가 생각난 듯 말을 이어 나갔다. 감자 과자를 먹는 속도를 보니 과자를 메인으로, 소주를 안주로 먹는 것 같았다.

"우리 과 동기 중에도 과 대표 찌질이 한 명이 있었거든? 키도 완전 작고 딱 보면 3등신이야. 인간 도토리라고 할 수 있지. 그리고 얼굴도 까맣고, 눈은 쿠키 만들 때 밀가루 숨 쉬라고 바늘구멍 뚫어 놓은 것처럼, 뭐 그렇게 생긴 애가 있었어. 게다가 걔가 근자감은 세계 최고였어. 비호감과 부처 멘탈이 결합된 그런 캐릭터? 남이 뭐라 하거나 말거나 늘 씩씩했지. 걔가 1학년때 중간고사 끝나고 엠티 가서 진실 게임을 하는데 좋아하는 애가 있다고, 고백하고 싶다고 해서 나랑 여자애들이 고백하라고막 부추겼지. 근데 걔가 좋다고 그 자리에서 얘기한 애가…….”

수애 누나가 그때 일을 떠올리는지 소주 두 잔을 연거푸 원샷했다.

“혹시, 좋아한다는 애가 누나?”

“아……, 바로 나였어. 지가 좋아하는 애 목소리가 청량한 여름날의 소낙비 같다나 뭐라나……. 그러면서 한참 뜸을 들이더니 내가 좋다는 거야……. 바로 난 소주 병나발 불고 과방에 발길을 끊었어. 내가 그런 애랑 사귀려고 이렇게 힘들게 알바하고 사는 건 아니잖아. 그런데 걔가 2학년 되니까, 그게 후배들에게 먹히더라. 발끝까지 끌리는 코트를 입고 학교 낙엽을 다 쓸고 나대면서 1학년 예쁜 여자애들 앞에서 ‘오빠가 말이야, 학관(학생 회관) 식당 주요 메뉴 공략하는 법을 알려 주겠어. 으하하.’, ‘오빠가 말이야, 중도(중앙 도서관) 이용법을 알려 주겠어. 일단 오늘은 오빠가 밥을 쏠게. 으하하.’, ‘오빠가 말이야, 학점 사냥할 수 있는 교수를 소개해 줄게. 으하하.’ 막 이러면서 다녔지. 동기 여자애들은 못생긴 게 꼴값 떤다고 생각했는데, 후배 중에 제일 예쁜 애가 엠티 가서 ‘오빠의 박력 있고 남자다운 모습이 너무 좋다.'며 먼저 대시해서 둘이 사귀고 다니더라. 지금 그 여자애는 군대 간 그 친구 기다리더라고. 그리고 참, 너 아직도 개드립 좋아하냐? 그거 좀 곤란해. 대뇌에서 뉴런을 타고 시냅스에서 분비되는 모든 생각을 입으로 지껄이는 건 아니지? 짜식, 좀 과묵해져 봐. 말도 안 되는 드립을 치면 그게 좀 어려 보이거든. 어때?"

근복이는 누나의 말에 기분이 팍 상했다.

'나를 그 근자감 형에 비유하다니.'

이런 생각을 하며 남은 맥주를 모조리 원샷했다. 발끝부터 노곤해지면서 술기운이 찌릿찌릿하게 혹 올라왔다. 그런 마음을 눈치챘는지 수애가 이렇게 말을 이어 갔다.

"근복아, 암만 그래도 네가 그 도토리보단 훨씬 낫거든. 그런 애도 짝이 있는데 네가 짝을 못 찾겠냐? 누나가 대학 가 보니까 시골에서 온 애들이 자취하다가 정들어서 동거하고 헤어지고 다른 놈하고 또 동거하고, 누나가 알바하던 곳에서도 알바생들끼리 눈 맞아서 교대하는 시간에 창고에서 사고 쳐서 애 생기고 난리더라고. 다들 돈 벌랴, 공부하랴, 빠듯한 상황에서도 뭐, 사막에 피는 선인장 꽃들처럼 빈틈을 놓치지 않고 그렇게 다들 사랑을 하더란 얘기지. 너한테 이런 얘기 해서 그렇지만 얼마 전에 같이 알바하던 애 산부인과도 내가 따라가 줬지 뭐야. 아무튼 너 나중에 그런 일 생길 때 콘돔 꼭 챙겨라. 그래야 매너 있는 남자다. 근데 뭐 꼭 그래야만 사랑이냐? 그냥 학교 갈 때 기분 좋게 해 주는 보람이들만 분포해 줘도 좋은 거지 뭐. 안 그러냐, 동생? 그리고 대학 가서도 여자 친구가 영 안 생기면 누나가 놀아 줄게."

그러면서 귀엽다는 듯 근복의 볼을 꼬집었다. 순간 부끄러우면서도 아릿한 게 근복의 가슴을 헤집고 지나갔다. 창밖엔 봄밤이 황홀하게 무르익어 가고 있었고, 벚꽃이 창문에 아른거리고, 어디선가 부드러운 바람이 달빛을 타고 달콤하게 새어 들어오고 있었고, 수애와 근복은 술과 분위기에 알딸딸하게 살짝 취했고……. 근복은 조금만 더 있다가는 이성의 끈이란 게 있다면 술을 더 먹고 애써 끊어 버릴 것 같았다.

"아…… 누나……, 그럼 가 볼게……."

"벌써 가려고? 에구, 이 순진한 자식. 그래도 넌 좋겠다. 아직 첫 키스도 안 해 봐서 기대할 것도 있고."

"에이, 그게 뭐가 좋아. 우리 반에도 이젠 커플이 솔로보다 많아질 것 같은데. 난 그냥 루저지 뭐."

근복의 친구들이 봤다면 주먹을 쥐었을 근복 특유의 애절하고 불쌍한 표정을 짓자, 수애가 안쓰러운 듯 쳐다보았다. 근복이 현관으로 나가 신발을 신고, 수애에게 인사하려고 돌아섰다. 수애가 갑자기 근복을 신발장 쪽으로 밀쳤다. 수애는 왼손을 근복의 오른쪽 얼굴 옆에 붙였다. 그러고는 까치발을 들고 근복의 얼굴에 자기 얼굴을 갖다 댔다. 누나에게서 소주 냄새가 확 났다. 근복은 눈을 감고 손을 꽉 쥐었다.

'이게 뭐지? 누나가 왜 이러지? 난 손을 어디다 둬야 하지?'

근복의 머리부터 발끝까지 온몸에서 작은 불꽃들이 쿵쾅거리며 터졌다. 심장이 열 개쯤 뛰고 있는 것 같았다. 그러면서도 눈을 더 세게 감고, 입술을 쭉 내밀었다. 수애는 왼손으로는 근복의 턱을 잡고 오른손은 코 아래에 갖다 댔다.

"이 칠칠아, 너 티라미수 먹었습니다, 라고 꼭 광고를 해야겠냐? 그리고 그 코털, 요 녀석아 코털 좀 뽑아라. 술 냄새 풍기는 코털 난 남자애는 절대 애인 안 생긴다. 아무튼 코털이 문제야."

수애는 근복의 오른쪽 코에 삐죽이 나와 있던 코털을 힘껏 뽑았다.

"앗!"

"동생, 그럼 잘 가고 또 놀러 와."

얼떨결에 근복은 태동의 집을 나왔지만, 쉽게 발걸음이 떨어지지 않았다. 알 수 없는 아쉬움에 머뭇거리고 있는 근복의 등 뒤로 현관문 안쪽에서 수애의 목소리가 들렸다.

"야, 이태동, 너 얼른 안 들어와? 너 요즘 아주 발정이 났더라? 어디서 고딩이 이렇게 돌아다니고 있어? 빨리 와라!"

근복은 1층으로 내려왔다. 가슴 한쪽이 뭉글뭉글 부풀어 오르고, 뜨거운 기운이 울컥 올라왔다. 집으로 향하던 근복은 몸을 돌려 골목에서 큰길까지 빨리 걸었다. 곧 근복은 보름달을 본 변신 직전의 늑대 인간처럼 '으아' 하고 소리 지르며 벚꽃길을 가로질러 도당산까지 냅다 달렸다. 옹색한 담벼락 위에서 아직 못다 핀 응달의 벚꽃 꽃망울이 툭, 툭, 하고 은은한 달빛에 벌어져, 달리는 근복의 모습을 빙긋이 웃으며 바라보았다.

우리들의 그녀

히든 상담소

초영의 손바닥만 한 플라타너스 잎사귀가 아침 햇살을 받아 투명하게 빛났다. 나의 그녀, 초영이 아파트 입구로 통통 튀듯 뛰어나왔다.

"많이 기다려쪄? 우리 외숙모가 아침은 꼭 먹고 가래서. 잉. 난 아침 먹기 싫은뎅."

초영이가 내 팔에 매달렸다. 세상을 다 가진 것 같은 기분이 들었다. 초영이 손을 살며시 잡으려는데, 내 핸드폰에서 아기 펭귄이 악을 썼다.

"노는 게 제일 좋아. 친구들 모여라. 언제나 즐거워. 뽀로뽀로뽀로뽀로 뽀로로."

전화기 너머로 상균의 목소리가 들렸다.

"고시준! 우리 광마사거리 롯데리아 앞이다. 오버!"

초영이와 5분쯤 손을 잡고 걸었다. 롯데리아 앞에서 상균과 민혁이 건들거리며 다가왔다. 나는 녀석들에게 싱글대며 말했다.

"너희는 내가 그렇게 좋냐?"

다음 골목 편의점 앞에서는 경수가 용수철처럼 튀어나왔다. 아, 이놈의 인기. 상균, 민혁, 경수. 이 녀석들은 아침저녁으로 나를 따라다닌다.

나의 초등학교 시절은 지옥이었다. 엄마는 내가 초등학생이 되자마자 초등학교 돌봄 교실 선생님으로 취직했다. 나는 6년 내내 돌봄 교실에서 엄마가 내주는 어마어마한 프린트를 풀어야 했다. 그리고 엄마와 함께 집에 갔다. 하루에 친구들과 만나서 노는 시간은 학교 쉬는 시간과 점심시간뿐이었다. 친구들과 노는 것은 늘 감질났다. 항상 친구들이 고팠다.

중학교에 올라가자 천국이 펼쳐졌다. 엄마의 손길과 감시망을 벗어난 생활은 자유, 그 자체였다. 중1 때 상균, 민혁, 경수 이 세 녀석을 만나서 나는 우정이 무엇인지 알게 되었다. 우리는 학원 가는 시간을 적당히 조정해서 함께 시간을 보냈다. 축구를 해도 완벽한 호흡을 자랑했고, 게임을 해도 완벽한 팀을 이루어 게임을 제패해 나갔다. 노래방에서도 온갖 재미있는 레퍼토리를 개발해서 웬만한 예능 프로를 보는 것보다 더 많이 웃으며 시간을 보냈다. 서로의 집에도 수시로 들락거렸다. 서로 얼굴만 쳐다봐도 실실 웃음이 터져 나왔다.

딱 한 번 우리의 우정에 위기가 있기는 했다. 중3 때, 나는 송혜민이라는 여자애와 잠깐 사귄 적이 있다. 그 애가 내 첫사랑이었다. 내가 그 애와 헤어진 지 얼마 되지 않아, 상균이 그 애랑 사귀었고, 그때 우리 사이는 매우 어색했다. 그러나 곧 둘은 헤어졌고, 우리 넷은 언제 그랬냐는 듯 다시 몰려다녔다. 어느 나라 속담에 '친구란 영혼을 나눈 사이'라고 했다. 난 그 말에 동감한다. 지금 나에게는 이 친구들이 내 팔다리의 일부인 것처럼 느껴지기 때문이다.

내가 초영이와 사귀게 된 것도 이 녀석들 덕분이다. 상균, 민혁, 경수는 고등학교에 올라와서 기적적으로 한 반이 되었다. 혼자만 딴 반이 된 내가 학기 초에 친구들을 만나러 애들 반에 갔다가, 처음 초영을 보게 되었다. 초영은 내 친구들과 요구르트 10개 빨리 마시기 내기를 하고 있었다. 경수는 요구르트를 먹다가 옆에서 상균이가 웃기자 코로 요구르트를 뿜었다. 초영이 그 모습을 보고 깔깔 웃었다. 빨대를 입에 물고 짧은 단발머리를 찰랑거리며 웃는 모습이 봄날 노란 개나리 아래에서 놀고 있는 병아리처럼 앙증맞았다. 그날 이후 나는 넋을 잃고 매번 초영을 쳐다보았다. 내 모습을 보다 못한 상균이 나와 초영을 이어 주었다. 어떻게 보면 상균이 내 사랑의 은인이라고 할 수 있다. 우리 아빠가 나중에 초영이 사진을 보더니 키가 너무 작다며 '반 토막'이라고 했지만 나는 초영이가 사랑스럽기만 했다.

초영이와 친구들과 함께 걸어오니, 축지법이라도 쓴 듯 금세 학교에 도착했다. 동아리 활동이 있는 오늘은 놀자판이다. 오전 수업은 딱 세 시간. 1교시 미술, 2교시 체육, 3교시 진로. 바람직하다. 점심 먹고 동아리 세 시간만 하면 오늘 하루 학습 노동 끝! 하지만 점심을 먹고 방송실에 가서 동아리 부장 누나의 표정을 본 순간, 뭔가 심상치 않은 일이 벌어질 오후가 되리라는 것을 예감했다.

방송실 부스 안에서는 수요일 당번을 맡은 2학년 선배들이 방송을 내보내고 있었다. 방송반 애들이 다 오자, 동아리 부장 누나가 입을 열었다.

"이 쓰레기 같은 원고는 누가 쓴 거니?"

누나는 1학년 앞으로 와서 A4 용지를 펄럭이며 원고를 읽었다.

"안녕하세요. 채수아의 핫 이슈입니다. 오늘 소개해 드릴 소식은 바로 끈벌레가 한강 하류에 대량 출몰했다는 소식인데요, 끈벌레는 몸길이가 약 30cm인 끈 모양 형태의 벌레라고 합니다. 이 벌레는 신경계 독소를 뿜어내 마비시키는 방법으로 어류를 닥치는 대로 잡아먹는 벌레라고 합니다. 네티즌들은 이 소식을 듣고 "끈벌레 너무 징그럽다.", "한강 하류 대량 출몰 경악이다.” 등의 반응을 보이고 있는데요, 빨리 끈벌레 수를 줄여 어민들의 피해를 조금이라도 덜어 주어야 할 것 같습니다. 틀어 드릴 노래는 ‘아타락시아’의 〈공격형 바퀴벌레〉, ‘랜드라라’의 〈김치 국물에 빠진 바퀴벌레〉, ‘박나래’의 〈쐐기벌레〉, ‘푸펑충’의 〈우리는 푸른 펑크 벌레〉, ‘소울 푸드’의 〈야행성 배추벌레〉입니다. 신청곡 따위는 받지 않을게요. 참 나, 이거 누가 쓴 거야?”

상균이 쭈뼛쭈뼛 손을 들었다. 어제 상균이가 민혁, 경수랑 야자 시간 내내 키득거리면서 쓴 게 저거였구나.

“1학년! 일주일에 딱 한 번 원고 쓰는 게 그렇게 어려워? 점심시간에 애들이 밥 먹고 교실 들어와서 〈김치 국물에 빠진 바퀴벌레〉 같은 노래를 듣고 싶겠냐고! 손 내려.”

부장 누나가 험악하게 우리를 노려보았다.

“너희, 고등학교에 온 순간 ‘생생생사’인 거 알지? 생기부에 살고 생기부에 죽는다. 지금 여기 2학년 방송반 아홉 명은 다 방송 관련된 과로 갈 거야. 그러니까 올해는 뭔가 획기적인 방송을 짜 보자 이거야. 솔직히 작년 선배들은 너무 빤했어. 너희도 알겠지만 생기부에는 스토리가 들어가야 해. 우리가 어떻게 학생들의 영혼을 울리는 방송 콘텐츠를 기획하고 운영했느냐, 뭐 이런 얘기가 들어가야 한다고. 자, 아이디어들 내 봐.”

저놈의 스토리 타령. 고등학교 들어와서 가장 자주 들은 말 중 하나가 바로 ‘대학 가려면 스토리가 있어야 한다.’는 말이다.

부장 누나의 생기부 어쩌고 하는 얘기를 들으니 눈앞이 깜깜해졌다. 내가 방송반에 든 이유는 신문방송학과에 가려고 해서가 아니다. 중학교 때 방송반 애들이 자주 수업에 빠지고 카메라 들고 다니는 게 폼 나 보였다. 하지만 지금 부장 누나 말을 들으니까 엄청 후회가 밀려왔다. 안 그래도 급식 시간에 밥 빨리 먹고 방송실에 가야 하는 것도 싫었던 차. 강연이라도 있는 날에는 전 시간부터 수업 빠지고 방송실에 가서 기계 설치하고 방송 준비해야 하는 것도 신경 쓰인다. 수업을 빠지니까 공부에도 지장이 있다. 초영이도 급식 시간에 자기랑 안 놀아 준다고 싫어한다. 거기다 선배들도 꼴 보기 싫다. 기계 망가진다면서 방송실로 친구들 데려오지 말라고 1학년한테만 눈을 부라린다. 초영이도 한 번 왔다가 야단맞고 쫓겨난 적 있다. 정작 자기들은 친구들 데리고 와서 속닥거리면서.

2학년들은 동그란 테이블에 앉았다. 1학년들은 모두 서서 고개를 숙이고 열중쉬어를 했다. 나는 초록색 부직포가 깔린 바닥만 쳐다보았다. 그 사이 점심시간이 끝나고, 동아리 시간이 되었다. 방송을 진행하던 선배들도 모두 나와 회의에 합류했다. 방송실 앞 신청곡 쓰는 칠판 관리부터 잘하자는 둥, 대본 공모전을 열자는 둥 몇몇 의견이 나왔다. 갑자기 상균이 밝은 얼굴로 손을 들었다. 장소, 시간, 맥락에 상관없이 해맑을 수 있는 것. 그게 상균의 장점이다.

"히든 상담소요. 요즘 방송실 앞 노래 신청함에 껌 종이 같

은 쓰레기만 많잖아요. 이걸 온라인으로 돌리는 거예요. 핸드폰
오픈 채팅을 열어서 익명 사연과 신청곡이 올라오면 이걸 방송
에 내보내고, 우리 방송반 페이스북에 게시하는 거죠. '좋아요'
를 일주일 동안 가장 많이 받는 사람한테 매점 오천 원 이용권
주는 거 어때요? 고민 내용 상담은 우리 학교 애들이 댓글로 해
주는 거예요. 저절로 또래 상담이 되는 거죠. 제가 1등 사연 주
인공한테만 연락해서 매점 이용권 주고, 상금은 동아리 지원금
으로 하고요."

부장 누나가 입술을 동그랗게 말고, 고개를 끄덕였다.

"오, 좋은데. 네가 올해 들어 한 말 중에 제일 쓸모 있는 말이
었어. 끈벌레보다 천 배 좋은데? 너희들 어때?"

다들 괜찮은 아이디어라고 했다. 말이 나온 김에 2학년 선배
들이 1학년에게 홍보물을 만들라고 했다. 동아리 시간 안에 모
든 교실과 학교 곳곳에 붙이라고도 했다. 자기들은 축제 동영상
콘티를 짠다고 말만 해 놓고, 잡담이나 하고 노닥거리면서.

질투는 나의 힘

'광마고의 히든 상담소! 당신의 고민과 신청곡을 010-9874-
02XX으로 보내 주세요. 완벽 익명 보장!! 친구들이 당신의 고
민을 해결해 드립니다!!'

연락처는 PD인 상균의 번호로 했다. 수아와 정인이 사인펜

으로 아기자기하게 핸드폰 그림을 그리고 오픈 채팅하는 장면을 그려 넣었다. 둘이 교무실에 가서 홍보물을 복사해 왔다. 나와 수아는 1, 2층, 정인과 상균은 3, 4층을 맡기로 했다. 동아리 1교시가 끝나기 10분 전에 홍보물 부착 준비가 끝났다. 나는 수아와 함께 1층 과학실로 내려갔다. 내 사랑 초영이를 볼 수 있다는 마음에 설렜다.

초영이는 1층 과학실에서 동아리를 한다. 나는 활짝 웃으며 과학실 앞문을 열었다. 과학실에는 담당 선생님은 없고 애들만 삼삼오오 몰려 앉아 떠들고 있었다. 초영이가 남자애들 다섯 명에게 둘러싸여 제로 게임을 하고 있었다. 다섯 명 중 내가 아는 애는 민혁, 경수를 비롯해 네 명, 모르는 애가 한 명이었다. 내가 수아와 함께 칠판에 홍보지를 붙이고 있는 순간에도 초영이는 게임에 열중하느라 내가 온 줄도 모르고 있었다. 민혁이 차례였다. 민혁이가 '둘'이라고 소리치자, 아무도 손가락을 들지 않았고 초영만 손가락 두 개를 들었다.

"야, 하지 마!"

초영이가 고개를 저으며 손목을 감추었다. 민혁이 초영이의 손목을 덥석 잡아서 찰싹 소리를 내며 두 대를 때렸다. 초영이는 투덜댔다.

"야, 아파."

초영이는 남자애들과 계속 게임을 했다. 한 바퀴가 돌기 전에 또 초영이가 걸렸다. 초영이가 삐진 척 남자애들에게 눈을 흘겼다.

"야, 너희는 이렇게 연약한 여자애 손목을 때리고 싶냐?"

민혁이가 어이없다는 듯 말했다.

"네가 여자냐? 자, 계속하자."

남자애들은 초영이가 걸리면 일부러 더 세게 때리면서 키득거렸다. 초영이는 끝까지 나를 보지 못하고 남자애들과 계속 놀고 있었다.

쉬는 시간 종이 울렸다.

"매점 가자!"

경수의 말에, 여섯 명이 우르르 나갔다. 나는 어이가 없어서 애들이 빠져나간 뒷문을 바라보았다. 수아가 눈치를 보듯 물었다.

"너 괜찮아?"

나는 애써 담담한 척했다.

"한두 번도 아니야. 초영이 남자애들하고만 노는 거."

수아가 혀를 찼다.

"만약에 해용이였으면, 이 교실 다이너마이트로 날려 버렸을걸. 너도 대단하다. 성인군자 났네. 해용이 걘 내가 핸드폰으로 게임하고 있으면 핸드폰도 질투하는 놈이었거든."

나는 가슴에 울컥 뭔가 올라왔다. 눈물이 나올 것 같아서 이를 악물었다. 예전에 밥 먹고 교실 들어오다가 해용이가 수아한테 의자를 던진 후 거울을 깨는 걸 보았다. 그땐 해용이가 무식

한 놈이라고 속으로 욕했는데 지금은 그 심정이 조금은 이해가 되었다. 나는 애써 마음을 달랬다. 2층 교실과 벽에 홍보지를 다 붙이고 동아리실로 들어갔다. 하지만 남자애들과 흥겹게 제로 게임을 하는 초영이 모습이 떠오르자, 한겨울 얼음판 위에서 수영복만 입고 서 있는 것처럼 마음이 시려 왔다.

동아리가 끝나자 초영이가 민혁, 경수와 함께 우르르 방송실 앞으로 왔다. 초영이가 방송실에서 나오는 나를 보고 팔짱을 꼈다. 기분이 조금 풀렸다. 가슴이 봄바람에 살랑거리는 나뭇잎처럼 간질거렸다. 이런 기습적인 스킨십, 정말 바람직해. 나는 싱겁게 웃고 말았다.

"시준아, 민혁이가 나 손목 때리기 해서 이만큼 부었어. 여기는 멍도 들었어. 쟤 완전 못됐지?"

초영이가 오빠에게 투정 부리듯이 손목을 보여 주었다. 빨갛게 부어오른 손목을 보니 화가 났다. 나는 민혁을 사나운 눈초리로 노려봤다.

"야, 너 뭐냐. 우리 초영이 때릴 데가 어디 있다고."

나는 초영이 손을 잡고 손목에 입김을 후후 불어 주었다. 민혁은 큰 눈을 굴리며 허스키한 목소리로 콧방귀를 뀌었다.

"야, 얘가 어딜 봐서 여자냐. 정초영, 너 시준이나 되니까 너랑 사귀어 주는 거야. 매점이나 가자."

경수도 거들었다.

"정초영, 너 진짜 우리가 같이 다녀 주는 걸 영광으로 알아라."

나는 아이들과 우르르 매점으로 내려갔다. 아이들은 와자지
껄 떠들며 아이스크림을 골랐다. 나는 딸기 맛 캔디바를 골라서
막 입에 물었다.

"한 입만."

경수가 초영이에게 아이스크림을 한 입만 달라고 했다. 옆에
남자 친구가 떡 하니 버티고 있는데 웬 한 입만? 초영이가 메론
맛 캔디바를 내밀었다. 경수가 그걸 한입에 다 넣어 버렸다. 초
영의 아이스크림이 막대기에 아주 조금 남았다. 초영이가 펄쩍
뛰었다.

"이 나쁜 놈아!"

초영이가 경수를 때리려고 달려들었지만, 경수가 이리저리
매점 안을 피해 다녔다. 상균이 자기 아이스크림을 초영이에게
내밀었다.

"바꿔 먹자."

"앗싸, 네 아이스크림이 훨씬 많이 남았다. 역시 너밖에 없
어. 상균, 땡큐."

초영은 날름 상균의 아이스크림을 받아 입에 쏙 넣었다.

이것들이 뭐하는 짓들이냐.

나는 눈, 코, 입, 귀 하여간 얼굴에 있는 모든 구멍이 닫히는
것 같았다. 아무것도 보고 싶지도 않았고, 듣고 싶지도 않았다.
나는 매점을 나와서 뚜벅뚜벅 학교 현관을 나섰다. 내 뒤에서

애들이 가방 메 주기 내기를 하자고 했다. 몇 번의 떠들썩한 접전 끝에 초영이가 졌나 보다. 뒤를 돌아보니, 남자애들 세 명이 모두 가방을 벗어서 초영이 목에 하나, 양쪽 팔에 하나씩 걸고 키득거렸다. 민혁이 나를 불러 세웠다.

"야, 시준아. 너도 해."

"됐거든. 정초영. 너 가방 다 내려놓고 따라와."

초영이 가방을 모두 내려놓고 나를 따라 나왔다. 교문 밖으로 나가서 나는 싸늘하게 초영에게 물었다.

"난 너한테 뭐냐?"

"뭐긴. 내가 좋아하는 남자 친구지."

초영이 내 오른팔을 잡으며 말했다. 난 그런 초영의 손을 뿌리쳤다.

"먼저 간다."

나는 뒤도 돌아보지 않고, 횡단보도를 건넜다. 초영에게 다 하지 못했던 말이 복받쳐 올라, 한 줄기 눈물이 되어 흘러내렸다.

흔들린 우정

일요일 오후 5시. 상균이 나에게 문자를 보냈다.

– 나 초영이한테 밥 살 일 있는데 오늘 만나도 돼?

– 그래. 초영이 만나면 내 얘기 좀 잘해 줘.

우리를 이어 준 상균이기에, 상균이 초영을 만나 지금 내 마음을 잘 전해 주었으면 싶었다. 지금 나는 초영과 헤어질 위기에 처해 있기 때문이다. 꼭 일주일 째 초영과 연락을 안 하고 있다.

2주 전 수요일, 동아리 활동이 있던 날의 사건은 그날 저녁에 초영이 우리 집 앞에 찾아와 사과를 하면서 일단락되었다. 나는 집 앞 공원에서 나보다 키가 작은 초영의 품에 쭈그려 안겨서 눈물을 흘렸다. 우리 둘은 그렇게 화해를 했다. 하지만 그게 내가 눈물을 흘리게 될 첫 사건이 될 줄은 꿈에도 몰랐다.

그 일이 있고 이틀 후 금요일 아침, 나와 초영은 광마사거리에서 버스를 타고 학교에 가기로 했다. 상균, 경수, 민혁이 우리를 기다리고 있었다. 버스 정류장에 도착하자마자 초영은 민혁과 신나게 노닥거렸다. 민혁은 성적도 전교 10등 안에 들고, 지난달에 열린 교내 논술 대회에서도 1등을 한 똑똑한 애다. 그런 민혁이 초영이랑만 있으면 유치원생처럼 유치하게 군다. 민혁이 상균과 경수에게 물었다.

"야, 어제 사회 시간에 나랑 초영이랑 둘이 벌칙 걸렸잖아. 고깔모자 세 개 쓰고 입술로 화살 소리 낸 거 있지? 누가 더 병신 같았냐?"

윤리 선생님은 애들이 졸거나 늦게 들어오면 항상 이상한 벌칙을 내주었는데, 둘이 동시에 걸린 모양이었다. 다 같은 반인데 나만 다른 반이니 묘한 소외감이 생겼다. 버스를 타서는 초영이가 상균하고만 장난을 쳤다.

"변상균, 너 지난번 영어 시험 3.7점 맞았다며? 정말 돌대가리다. 못 박을 때 망치 없으면 네 머리로 박으면 되겠다."

"어쭈, 그러는 너는? 너 모의고사 때 수학 풀어서 17점이었지? 난 찍어서 21점이었거든?"

전국 바보 경연 대회처럼 둘이 버스에서 내내 서로를 놀렸다. 아무리 내 친구들이라지만 초영이가 다른 남자들과 노는 모습을 지켜보는 게 그날따라 괴로웠다. 하지만 내가 그런 일로 또 한 번 화를 냈다가는 '제2의 집착남 해용'이 될까 봐 참았다. 그날 3교시 쉬는 시간에 음료수를 사 들고 초영의 교실로 갔다. 초영이가 이번에는 경수의 겉옷을 입고 있었다.

"너, 그 옷 벗어."

나는 굳은 얼굴로 초영에게 내 겉옷을 걸쳐 주고 나왔다.

그날 방과 후에도 사건이 있었다. 우리는 '불금'을 보내기 위해 모두 야자를 빠지고, 민혁이네 집으로 몰려갔다. 애들이 인기 드라마 다시 보기를 하자고 했다. 나는 화장실에서 만성 변비로 사경을 헤매다가, 간신히 기쁜 소식을 보고 나왔다. 그런데 거실을 보니 초영이가 경수와 상균이 가운데에 엎드려서 TV를 보고 있는 게 아닌가. 나는 머리 뚜껑이 열리는 것 같았다. 부들부들 몸도 떨렸다. 간신히 화를 참고 애들 몰래 눈물을 딱 한 방울만 흘렸다.

그리고 이틀 후 일요일, 마침내 꾹꾹 참았던 화가 폭발하고 말았다. 초영이가 영어 말하기 대회 연습을 한다며 경수네 집에 갔기 때문이다. 멤버는 경수를 포함해 같은 반 남자애들이 셋, 여자는 초영이 하나뿐이었다. 나는 기가 막혀서 왜 남자애들만 있는 집에 가냐고 따지듯 물었다.

"너도 너희 반 여자애들 둘하고 영어 말하기 대회 나가잖아. 새봄이가 대본 썼다며? 그리고 여기 남자들만 있는 거 아니거든? 경수 할머니도 계셔. 내가 말벗해 드리니 완전 좋아하시던데? 여기서 김치찌개에 밥 두 공기나 먹어서 배불러. 잠깐만, 시준아. 야, 박경수! 아이스크림 사 와, 딸기 맛으로! 빨랑!"

나는 통화를 하다 말고 전화를 끊어 버렸다. 그게 끝이었다.

그리고 일주일이 꼬박 지났다. 핸드폰만 들여다보던 나는 밤 8시 무렵, 상균에게 메시지를 보냈다.

─초영이 만났어? 뭐래?

─좀 전에 헤어졌는데, 그냥 딴 얘기만 했어.

이대로 초영과 헤어지게 되나 싶었다. 그동안의 일들이 머리에 스쳐 지나갔다.

키스 데이였던 5월 14일, 친구들과 치킨 먹던 초영이를 불러 내 이마에 짧게 뽀뽀를 해 주고 뒤돌아 뛰어갈 때 심장이 터져 나갈 것 같았던 일. 시험 기간 새벽 4시까지 공부한 다음 날, 엎드려 있던 내 어깨에 살포시 기대던 초영이의 민들레처럼 가볍고 부드러운 무게감을 느꼈던 일. 눈을 떠 보니 자기가 더 졸린 듯 귀엽게 하품하면서 눈을 비비던 초영이의 모습에 가슴 설레던 일. 외할아버지 생신 때문에 시골에 내려가서도 이틀 내내 초영이 생각을 하며 빨리 집에 올라가자고 엄마를 졸라서 엄마에게 등짝을 맞았던 일. 이젠 모두 추억이 되나 싶었다. 이런 생각들이 떠오르자 나는 마음이 시큰거렸다. '님'이라는 글자에 점 하나만 찍으면 '남'이 된다더니, 내 가슴에 응어리진 감정이 원하지 않는 이별을 부른 것 같아 안타까웠다. 조금만 더 있으면 100일인데…….

다음 날, 급식 시간. 나는 밥을 먹는 둥 마는 둥 하고, 방송 준비를 했다. 오늘은 히든 상담소 방송 첫날이다. 수아는 상균이 프린트해 온 대본을 들고 방송 준비를 하고 있었다. 마음이 괴로울 때, 무언가 집중할 일이 있다는 게 위안이 될 수 있다는 걸 처음 깨달았다.

내가 'OK 사인'을 보내자, 수아가 방송을 시작했다. 엔지니어 정인이 배경 음악 버튼을 서서히 올렸다가 내렸다.

"안녕하세요. 채수아의 히든 상담소입니다. 지금 교내에서 '광마고 찌라시'를 제치고 뜨거운 인기를 얻고 있는 우리 학교의 최대 관심사 페이스북이 있죠? 바로 '히든 상담소'입니다. 다들 알고 계시죠? 일주일 동안 가장 많이 '좋아요'를 받은 사연은 매점 오천 원 상품권이 나갑니다. 모두 KMBS 페이스북에 오셔서 '좋아요'를 눌러 주시고 우리 학교 친구들의 고민에 상담 댓글을 남겨 주세요.

첫 번째 사연입니다. 저는 2학년 여자입니다. 제가 처음으로 그 아이를 본 곳은 학교 앞 벚꽃이 흐드러지게 핀 길이었어요. 한 남자애가 나무 위로 올라가 열심히 가지를 흔들고 있었지요. 꽃길을 지나는데, 그 아이와 눈이 딱 마주쳤습니다. 가슴이 묘하게 설렜죠. 그리고 학원에 갔어요. 학원이 끝나고 출출했던 저는 친구들과 함께 울랄라버거로 갔습니다. 그곳에서 또 그 아이를 보게 되었습니다. 그 아이는 한 친구의 얘기를 경청하고 있었어요. 한 사람의 이야기를 세상에서 가장 중요한 이야기인 양 몰입하여 듣고, 웃어 주는 그 아이의 모습이 제 가슴에 들어왔습니다. 다른 사람을 소중히 여길 것 같은 느낌이랄까? 독서실에 다녀온 후 집으로 가는데, 또 그 아이랑 마주쳤어요. 그 아이는 절 못 본 것 같았어요. 그 아이는 도당산을 향해서 뛰고 있었거든요. 고등학생이 건강 관리까지 하다니. 정말 자기 계발 능력이 뛰어난 아이인 것 같았어요. 자기 자신에게 철저하며 친구들을 위한 마음도 넓은 남자. 알고 보니 그 아이는 저희 학교 1학년이더군요. 헤어스타일이며 패션 감각도 시대를 앞서 나가는 멋진 애 같았어요. 여기저기 수소문해서 알아보니 여자 친구는 없다네요. 오랫동안 마음에만 담아 놓고 있다가 이제 용기를 내 보렵니다. 여기서 고백해도 될까요? 음음……. 1학년 6반 이근복, 누나랑 영화 보러 가자. 이 방송 들으면 지금 2학년 3반 교실로 와 줄래? 신청곡은 '로꼬와 유주'가 부른 〈우연히 봄〉입니다."

수아가 웃음을 참느라 눈물까지 흘리며 사연 읽기를 간신히 마무리했다. 신청곡이 흘러나오는 동안, 수아가 너무 웃느라 광대뼈가 당겼다며 주먹으로 볼을 문지르며 말했다.

"이거 우리 아는 근복이 맞지? 걔 머리 애견 숍에서 자른다는 소문 있던데. 푸하하."

음악이 끝나자, 수아가 언제 웃었냐는 듯 입꼬리를 내리고 프로처럼 다음 사연을 나긋하게 읽었다.

"두 번째 사연입니다. 저는 이성 친구가 있는 한 아이를 짝사랑하고 있습니다. 그 사람은 완벽한 제 이상형입니다. 이런 제가 쓰레기 같지만 그 사람을 보면 가슴이 설렙니다. 어디에도 하소연할 수가 없어서 이렇게 히든 상담소에 사연을 보냅니다. 그냥 그 사람을 바라만 보는 거, 그건 죄가 아니겠지요? 언젠가 그 사람이 혹시 나를 돌아봐 준다면, 하는 그런 헛된 기대로 하루하루 보냅니다. 지금은 그 사람의 뒷모습만으로도 행복합니다. 신청곡은 '휘성'의 〈안 되나요〉입니다."

방송반 아이들은 노래가 끝날 때까지 저마다 자기 주변의 용의자를 언급하며 호들갑을 떨었다.

"대박!"

"누굴까?"

"나 누군지 알 거 같아. 우리 반 애인 것 같아."

"이 사연 잘 들어 봐. 좋아하는 사람에게 이성 친구가 있다는

말을 했잖아. 여친, 남친, 딱 이렇게 말한 게 아니고. 이거 남자
가 남자를 좋아하는 걸 수도 있어. 아니면 여자가 여자를?"

"야, 설마!"

호구와 진상

히든 상담소 첫날은 대성공이었다. 페이스북에 올린 사연들
모두 가볍게 '좋아요'가 200개가 넘었다. '이근복 고백 글'에 주
로 달린 댓글은 '헐', '헉', '대박', '풋' 등이었다. '근복이, 너 마
저······.', '누나, 정신 차려요. 걔 그런 애 아닙니다.' 등과 같은
댓글을 포함해 총 100개가 넘는 댓글이 달렸다. '짝사랑 글'은
'좋아요'를 313개 받았다. 댓글에는 온갖 용의자들의 이름이 올
라와 있었다. 댓글을 확인하는데 마음이 뿌듯했다. 방송실에서
나와 화장실을 다녀오니 금세 5교시 예비 종이 쳤다. 헐레벌떡
상균이 교실 문을 열고 들어왔다.

"아, 젠장. 5교시 체육이야. 이거 좀."

체육이 든 날이면 늘 그랬듯이, 상균이 교복 바지와 아이패
드를 나에게 건네고 서둘러 교실을 나섰다. 나는 그것들을 받
아 가방에 쑤셔 넣으려다, 혹시나 하는 생각에 상균의 아이패드
를 꺼내 들었다. 묵직한 아이패드를 책상에 내려놓고 패턴을 풀
었다. 주말이면 서로의 집 현관문도 번호 키를 누르고 들어가는
사이다. 아이패드 패턴쯤이야.

패턴을 풀고 카톡을 열었다. 상균이 어제 초영을 만났으니 혹시 내 얘기를 하지 않았을까? 화면 맨 위에 초영의 이름이 보였다. 나는 두근거리는 마음으로 카톡창을 열었다.

– 초영 : 상균아, 난 네가 정말 원망스럽다.

– 상균 : 왜?

– 초영 : 왜 시준이를 나한테 소개해 줬어? ㅠ.ㅠ 나 진짜 죽을 거 같이 힘들어.

– 상균 : 힘드냐?

– 초영 : 그걸 말이라고 해? 이 나쁜 놈아.

– 상균 : 초영아. 이런 말 해도 되는지 모르겠지만…….

– 초영 : 뭔데, 말해 봐.

– 상균 : 사실 이런 말 하면 나쁘지만 나, 학기 초에 너 좋아했었다. 시준이보다 먼저. 몰랐지?

– 초영 : 헐! 대박!! 진짜?

– 상균 : 진짜 이런 말 해도 소용없는 거 알지만, 시준이가 너 좋아하니까 내가 양보한 거야.

– 초영 : 헉.

– 상균 : 지금이라도 난 어때? 난 너 안 울릴 자신 있는데.

뭐 이런 자식이 다 있어?

나는 아이패드를 가방으로 던지듯 넣었다. 초영의 다음 글은 눈에 차마 들어오지 않았다. 나는 놀란 가슴을 진정시켰다. 너무 황당해서 화가 나지도 않고 헛웃음만 나왔다. 꿈이 아닐까 멍할 뿐이었다.

5교시 시작종이 울렸다. '커플 파괴자', '거침없는 독설'로 유명한 한문 선생님이 빛이 바랜 듯한 초록색 개량 한복을 입고 들어왔다. 지난 시간에도 한문 선생님은 유미랑 종호랑 사귀다가 헤어진 걸 바로 알아차리시고 기어이 한마디 하셨다.

"오늘 유미가 종호 옆으로 자리를 안 바꾼 걸 보니, 둘이 헤어진 모양이로구나. 그래, 종호야. 다 네 탓인 건 알고 있지?"

반장 인욱이가 선생님께 인사를 하자 한문 선생님이 3분단 맨 앞에서 멍하니 바닥만 바라보는 내 앞으로 다가왔다.

"시준아, 너 가장 친한 친구한테 여자 친구 뺏긴 얼간이 같은 표정을 짓고 있네? 이제 책 좀 펴지?"

나는 놀라서 책상 서랍 안에서 한문 책을 꺼냈다. 한문 선생님이 칠판에 '붕우유신, 친구들 사이에 믿음이 있어야 한다.'라고 쓰고 있었다.

어떻게 한 시간이 흘러갔는지 모르겠다. 쉬는 시간이 되자, 상균이 순진한 얼굴로 바지와 아이패드를 찾으러 왔다. 나는 서늘한 표정을 지으며 상균을 노려보았다.

"너 뭐냐?"

상균이 주춤거렸다.

"왜 그래? 너 갑자기."

"카톡 봤다."

상균의 얼굴에 당혹감이 스쳐 지나갔다.

"아, 그거…… 내가 다 설명할게."

"됐어. 네가 친구냐? 새끼야. 꺼져."

나는 바지와 아이패드를 내동댕이치듯 던졌다. 뒤에 멍하니 서 있는 상균을 뒤로 하고 나는 매점으로 내려가 민혁과 경수를 불렀다. 애들이 오는 사이, 나는 차가운 음료수를 벌컥벌컥 들이켰다. 매점으로 달려와 내 말을 들은 민혁이 고개를 절레절레 흔들었다.

"이제 와서 하는 소린데, 너 좀 호구 같아."

"뭔 소리야? 또?"

"너, 그거 기억 안 나? 너 중3 때 송혜민이랑 사귀다가 변상균한테 **뺏겼**잖아."

나도 그때 일이 생각났다. 나는 혜민이와 사귀다가, 기억도 안 나는 사소한 오해가 쌓여 헤어졌다. 나와 헤어지고 얼마 안 돼서 혜민이가 상균이랑 사귀었다. 그때도 상균이 혜민이를 **뺏**은 거라며 친구들이 길길이 날뛰었다. 이번에도 민혁이가 흥분한 듯 탁자를 탁 쳤다.

"너 진짜 속도 좋다. 눈치도 없고. 그 후로 네가 상균이랑 계속 친하게 지내는 거 보고 사실 좀 놀랐다."

경수도 음료수 캔을 찌그러뜨리며 말했다.

"상균이 개, 어떻게 초영이한테 자기는 어떠냐고 할 수 있냐? 자기가 너랑 초영이 연결해 줘 놓고, 아주 진상이네."

민혁이와 경수는 둘이 주거니 받거니 상균이 욕을 했다.

"공격형 바퀴벌레 같은 놈."

"김치찌개에 빠진 바퀴벌레 같은 놈."

"쐐기벌레 같은 새끼."

"그냥 벌레네."

그러고 보니, 상균은 늘 내 곁에서 나를 따라 했다. 그동안 수학을 잘하는 내가 수학 단과 학원에 가면, 상균도 수업 시간 내내 자면서도 수학 학원에 다녔다. 내가 영어 공부하려고 문제집을 사면 상균도 그 문제집을 샀다. 기계 조작하는 걸 좋아하는 나와 달리 상균은 기계치다. 그런 상균이 내가 방송반을 한다니까 덩달아 방송반이 되었다. 상균은 항상 내 곁에서 내가 하는 행동을 따라 하고, 내가 가진 소중한 것을 샘내며 뺏으려 들었던 건 아닐까.

"가만 보면 진상은 호구가 만든다고 하더라. 네가 호구니까 상균이 같은 진상을 만나지."

민혁의 비아냥이 내 귀를 때렸다.

또다시 눈물

친구도 잃고, 애인도 잃어버린 최악의 아침. 등굣길에 만난 세상은 온통 연초록이었지만 내 마음은 버려진 범죄 도시의 지하철처럼 음울하기만 했다. 매일 초영과 혹은 친구들과 걷던 등 굣길을 혼자 걸으니 오늘따라 학교가 멀게만 느껴졌다. 뜬눈으로 밤을 새워서인지 오전에는 졸면서 수업 시간을 보냈다. 급식 시간이 되어서 방송반인 수아, 정인과 함께 급식실로 갔다. 정인이가 상균이 반으로 상균을 부르러 갔다가 혼자 왔다.

"상균이는 배 아프다고 오늘 밥 안 먹는대."

하긴 네가 무슨 낯짝으로 밥을 먹겠냐? 목구멍으로 음식이 넘어가겠냐? 아주 굶어 죽어라. 나는 까끌까끌한 모래를 씹어 삼키는 기분으로 밥을 먹었다. 방송실로 들어오니, 상균이 둥근 탁자에서 아이패드로 게임을 하고 있다가 나를 보더니 바로 눈을 내리깔았다. 나는 부스 안으로 들어가 방송을 준비했다.

생방송 불이 들어왔다.

"안녕하세요. 채수아의 히든 상담소입니다. 벌써 여름이 성큼 다가온 기분이네요. 오늘 히든 상담소 첫 번째 사연입니다. 저는 짝사랑 중인 한 사람입니다. 별칭은 '나야르 족장'이라고 해 두겠습니다. 저는 요즘 한 사람이 한 사람만을 사랑하고, 둘만 독점적으로 연애한다는 것이 어쩌면 문화의 일부일 수 있다는 생각이 들었습니다."

도대체 뭔 소리야? 난 저렇게 어렵게 얘기하는 인간은 딱 질색이다. 수아가 낭랑한 목소리로 계속 사연을 읽어 내려갔다.

"여러 책과 자료를 살펴보니, 한 명의 부인이 여러 명의 남편을 둔 사례가 전 세계적으로 많이 있었다고 합니다. 인디언, 에

스키모인, 티베트족, 남부 인도, 실론 섬 등에서 일부 부족들은 과거에 한 명의 부인이 여러 명의 남편을 두었다고 합니다. 몇 년 전, 우리나라에서 『아내가 결혼했다』라는 소설과 영화가 인기 있었는데요. 영화에서는 손예진이 여자 주인공으로 나옵니다. 손예진은 한 남자와 결혼을 하지만, 다른 남자를 사랑하게 되어서 다른 남자와도 결혼을 하고 아기도 낳습니다. 셋은 함께 살기 위해 비행기를 타고 호주로 갑니다. 과거 호주의 디에리족이라는 부족은 집단 결혼 생활을 했다고 합니다. 예전에 TV에 나왔던 아마존의 조에족도 한 명의 여자와 여러 남자가 가족을 이루면서 살았고요. 연애나 결혼이나 문화나 제도라는 게 다 인간이 만든 발명품이라는 생각이 들자, 제가 친구의 여자 친구를 좋아한다는 마음도 조금은 인정받을 수 있지 않을까 하는 생각이 듭니다. 그녀만 절 사랑해 준다면, 그녀의 두 번째 남자 친구가 되어도 전 좋거든요. 한 여자가 남자 친구 말고 다른 남자도 사랑해 주길 바라는 제 마음이 너무 처절한가요? 그래서 이런 쓸데없는 망상에 빠졌나 봅니다. 그런데 제 짝사랑 그녀가 요즘 울고 있습니다. 바로 제 친구 때문이지요. 제가 해 줄 수 있는 게 하나도 없어 정말 힘든 나날입니다. 제가 뭘 어떻게 해야 그녀가 행복해질까요? 신청곡은 '그 바보 밴드'의 〈오래된 고백〉입니다."

방송실 가득 허스키한 보컬의 목소리가 절절하게 울려 퍼졌다.

'제발 좀 울지 마. 안아 주고 싶잖아. 널 자꾸 울리는 그 사람 너무 밉다. 넌 아마 모를 거야. 네가 내게 좋은 친구라고 말할 때마다 내 맘 얼마나 아팠는지.'

수아가 조끼 주머니에서 립글로스를 꺼내 발랐다. 부장 누나는 옆에서 고개를 흔들었다.

"얜 누군지 몰라도 정말 드라마를 너무 많이 봤다. 무슨 막장 드라마야. 친구 여자를 좋아한다고. 못난 놈 같으니."

노래가 계속 흘러나왔다.

'일어나지 마. 가지 마. 그에게로. 더 이상 상처받지 마. 지금 너에게 고백해도 되겠니. 눈물로 지샌 수많은 시간 동안 마음속에 담아 뒀던 말들. 내가 널 영원히 지켜 줄게. 많이 아껴 줄게. 이젠 내게로 와 줄래.'

나는 나도 모르게 방송실 부스를 뛰쳐나가 탁자 위에서 게임을 하고 있던 상균의 멱살을 잡았다. 아이패드가 바닥에 툭 떨어졌다. 상균이 내 손아귀에 대롱대롱 매달린 채 캑캑거렸다. 나는 방송실 문을 거칠게 열고 복도 쪽 창가에 상균을 짐짝 부리듯 내던졌다. 부장 누나가 뛰쳐나왔지만, 험악한 분위기를 보더니 뭐라 않고 조용히 방송실 문을 닫았다. 상균은 창문 아래 불룩하게 튀어나온 난간에 등을 찧어서 고통스러운 듯 몸을 웅크렸다.

"너지?"

"뭐가?"

"저딴 사연 보낸 거. 아니 보낸 게 아니라 네가 직접 써서 네가 프린트한 거지? 이제 나 망신 주려고 전교에 사연을 보내? 내가 호구고, 네가 진상이라고 전교에 소문내게? 네가 이러고도 친구야?"

나는 복받쳐 오르는 감정을 이기지 못해 주먹을 부들부들 떨었다. 눈에서 눈물이 솟구쳤다.

"인마, 네가 사람이냐? 어떻게 나한테 이럴 수 있어?"

"시준아, 진짜 미안하다. 근데 저 사연은 나 진짜 아니야."

안 그래도 키도 작고 삐쩍 마른 상균이 방금 난간에 부딪친 등이 아픈지 일어나지도 못했다. 공벌레처럼 몸을 웅크리고 있는 상균을 보자, 빵빵했던 튜브에서 바람이 푸시시 새어 나가듯, 미움의 감정이 조금씩 사그라짐을 느꼈다.

상균이 고개를 들고 나를 보더니 엉거주춤 일어났다. 나는 나보다 머리 두 개는 아래에 있는 상균을 노려보았다. 상균이 주저하며 입을 열었다.

"그게, 초영이 만났는데, 초영이가 진짜 힘들어하더라. 밤이라 내가 미쳤었나 봐. 밤에 감수성 터져 가지고……. 나도 모르게 그만 헛소리를 했어. 그래도 초영이는 아직도 너밖에 없대. 너랑 잘 지내고 싶다고 다시 나한테 계속 말 잘해 달라고, 자기 너무 힘들다고 하더라. 그리고 나 그저께가 생일이었잖아. 그때 효민이한테 선물은 필요 없고 편지 한 장만 써 달라고 했는데, 효민이가 모른 척 입 싹 닦는 거야. 너무 자존심도 상하고, 속

상했어. 넌 넋이 나가 있어서 얘기도 못 하겠고, 난 벌레 같은 짓이나 하고……. 진짜 나 어떡하냐……. 네 마음만 풀린다면, 한 대 쳐라, 시준아."

상균이 눈을 질끈 감고 나를 향해 얼굴을 내밀었다. 그러고 보니 지난 토요일이 상균의 생일이었다. 초영이만 생각하느라 베스트 프렌드의 생일도 까맣게 잊고 있었다. 상균은 초영이 친구 효민이를 엄청 쫓아다녔다. 상균은 한밤중에 마트에 가서 자기 키만 한 곰돌이 인형을 사서 효민이 생일 선물로 주기도 하고, 매점에 가서 매일 음료수나 과자를 사다가 효민에게 가져다주었다. 그런 효민에게 상균이 자기 생일날 편지 한 장만 써 달라고 했는데, 효민이가 그날 입을 싹 닦고 모른 체했다고 했다. 그래서 상균이 엄청 상처를 받은 거다.

자식, 불쌍하긴. 곧 여름인데도 입술 옆에 허연 각질이 우둘투둘하게 피어 있는 상균을 보자 연민의 감정이 올라왔다.

"야, 병신 찌질아. 왜 그렇게 사냐. 진짜."

"시준아, 진짜 미안해. 내가 효민이한테 차이고 위로도 받고 상담도 할 겸 초영이를 만났는데, 감정이 복받쳐서 그랬나 봐. 너랑 초영이랑 알기 전에 내가 먼저 초영이 알고 좋아한 건 사실이지만, 지금은 아니야. 진짜 순간의 감정이었어. 미안하다. 친구야."

나는 그렇게 사과를 하는 상균이 여전히 밉기도 했고, 한편으로는 친구를 잃지 않아도 된다는 생각에 안도감이 들었다. 나는 안경을 오른손으로 벗고, 고개를 들어 한숨을 깊게 내쉬었다. 상균은 슬금슬금 눈치를 보며 방송실로 들어갔다. 상균의 그런 풀 죽은 모습이 측은해 보였다. 나는 가슴 가득 담은 숨을 내쉬며 방송실로 들어가려다 갑자기 복도 끝에서 달려오던 누군가와 부딪쳤다. 내 손에 있던 안경이 포물선을 그리며 방송실 옆 교실 앞으로 날아가 퍽, 박살이 났다. 한 남자애가 망가진 안경을 내 손에 쥐여 주며 어쩔 줄 몰라 했다. 그때, 팔랑팔랑 하얀 물체가 빠르게 다가와 내 턱 아래 멈춰 섰다.

"괜찮아?"

걱정 어린 목소리, 말을 건네기 주저하는 듯한 몸짓. 초영이였다.

"시준아, 내가 미안해. 우리 다시 예전처럼 지내면 안 돼?"

초영이가 내 팔목을 잡았다. 눈을 가늘게 뜨자 초영의 모습이 또렷이 보였다. 그간의 서운함이 눈 녹듯 사라지고 반가움이 앞섰다. 나는 고개를 끄덕였다. 초영이 걱정스레 물었다.

"너 안경 안 끼면 잘 안 보이잖아. 괜찮아?"

"다른 건 잘 안 보이는데, 너는 잘 보여."

"뭐야."

초영이 밝게 웃었다. 난 그런 초영을 꼭 안았다. 보드라운 아기 새를 안은 듯 포근했다. 초영이 내 귀에 대고 속삭였다.

"난 정말 너밖에 없어."

나는 고개를 주억거렸다. 바보같이 또 눈물이 났다. 나는 그 모습을 초영이 보지 못하게, 오른손의 엄지와 검지로 시큰거리는 콧날을 눌렀다.

가자, 호주로

토요일에는 민혁이네 집에서 모이기로 했다. 민혁이 할아버지 제사라 부모님이 다 시골에 가셨다고 했다. 고등학생이 되어서 좋은 점은 시험과 성적을 핑계로 모든 집안일에서 빠질 수 있는 '프리 패스' 티켓을 가졌다는 점이다. 나는 엄마에게 과학 수행 평가 모둠 활동을 한다고 거짓말하고 집을 나섰다. 민혁의 집에 도착해서 비밀번호를 누르고 안으로 들어갔다. 민혁이가 팬티만 입은 채, 앞치마를 두르고 있었다. 손에는 뒤집개를 들고 있었다.

"눈 썩는다."

나는 민혁에게 한마디 하고 거실 소파에 누웠다. 거실에서 상균, 경수가 게임기로 오두방정을 떨며 배드민턴을 치고 있었다. 주방에서는 순두부찌개와 치킨 냄새가 고소하게 풍겨 왔다. 민혁이 엄마는 근처 회사의 영양사다. 민혁 엄마가 해 놓으신 음식을 민혁이 데우기만 하는 건데도 입에 침이 고였다. 나는 민혁에게 밥을 빨리 차려 달라고 재촉했다.

나는 촐싹거리며 배드민턴을 치는 친구들의 뒷모습을 보며 씩 웃었다. 민혁의 방으로 들어가서 컴퓨터를 켰다. 책상 위에는 경수의 새 핸드폰이 충전 중이었다.

'자식, 요즘은 어떤 새로운 동영상의 세계에 빠졌을까?'

컴퓨터를 켜서 바탕 화면에 흥미로운 폴더는 없는지 살펴보았다. 엄마의 습격을 예상한 듯 바탕 화면에는 동영상의 흔적이 없었다. 나는 기대에 찬 심정으로 즐겨 찾기 목록을 살펴보았다.

'이게 뭐지?'

「결혼 제도와 문화의 상대성」이라는 논문이 링크되어 있었다.

'역시 공부를 잘하는 애들은 즐겨 찾기도 학구적이네.'

논문은 건너뛰고, 즐겨 찾기 목록에 두 번째로 링크된 블로그에 들어갔다. 세계 각국 미녀들의 사진이 있을 걸 기대하면서.

고대 시대에는 모계가 중심이 되어 상속이 어머니 계통으로 진행되는 등 사회적으로 여자의 힘이 막강한 시대였다. 인도의 나야르족, 라오스의 라오족, 아메리카 원주민 호피족 등은 아직도 모계 사회를 형성하고 있으며, 베트남이나 캄보디아는 모계 사회의 영향이 많이 남아 있는 나라다.

나야르족? 어디서 들어 봤는데. 나는 고개를 갸웃거리며, 블로그의 다음 글을 읽었다.

일부일처제는 일부다처제보다 훨씬 드문 혼인 형태지만 전 세계 여러 곳에서 그 흔적을 찾아 볼 수 있다. 15세기에 작성된 한 문서에 따르면, 카나리아 제도에 있는 란체로테 섬에서는 대부분의 부인이 세 명의 남편을 거느리고 있었다.

블로그의 주인장은 『인류 혼인사』라는 책을 참고했다고 글 아래에 밝혀 놓았다.

'뭐야. 도대체 뭔 소리야. 일처다부제? 한 여자가 세 명의 남편?'

별다른 소득 없이 나는 컴퓨터 바탕 화면에 깔려 있는 음악 재생 목록을 눌러 보았다. 노래방에서 자주 부르던 애절한 발라드가 흘러나왔다. 나는 왼손에 볼펜을 쥐고 마이크 삼아 노래를 따라 흥얼거렸다.

'오늘도 난 바보같이 빌어 보아요. 그대 곁에 그 사람 아닌 내가 있게 해 달라고. 이런 내 맘 그댄 모르겠죠. 오늘도 난 눈물로 그대에게 닿을 수 없는 편지를 쓰죠. 사랑합니다.'

뭔가 싸한 느낌이 들었다. 무심결에 노래 재생 목록을 살펴보던 나는 볼펜을 떨어뜨릴 뻔했다.

김건모, 〈잘못된 만남〉 / 토이, 〈세 사람〉 / 나윤권, 〈나였으면〉 / 윤하, 〈기다리다〉 / B1A4, 〈짝사랑〉 / 러브홀릭, 〈인형의 꿈〉 / 하동균, 〈그녀를 사랑해 줘요〉 / 뱅크, 〈가질 수 없는 너〉 / 그 바보 밴드, 〈오래된 고백〉

나는 설마, 하는 마음에 민혁의 책장을 둘러보았다. 왼쪽 책꽂이 맨 아래 『아내가 결혼했다』가 꽂혀 있었다.

"민혁이 너, 네가 '나야르 족장'이었단 말이야? 진짜?"

나는 미친 사람처럼 혼자 중얼거렸다. 그러다 충전 중인 경수의 핸드폰이 눈에 들어왔다.

설마, 경수, 너는 아니겠지. 나는 떨리는 손으로 경수의 핸드폰을 들고 패턴을 풀었다. 경수 핸드폰의 사진 갤러리를 열었다. 맙소사! 사진 대부분이 초영의 사진이었다. 초영이가 경수 핸드폰으로 찍은 셀카, 체육 대회 영상 찍느라 구령대에 있던 내 곁에 앉은 초영이(초영이 얼굴은 또렷하고 내 모습은 배경 처리되어 흐릿했다.), 의자 세 개 붙여 놓고 교실 맨 뒤에서 담요를 둘둘 말고 쿨쿨 자고 있는 초영이, 민혁과 가위바위보 하면서 웃고 있는 초영이(역시 민혁의 얼굴은 배경 처리되어 있었다.), 초영이의 페이스북에 올라와 있던 사진들, 심지어 경수가 핸드폰 산 날, 새 스마트폰의 화질을 느껴 보겠다며 내가 직접 초영이를 찍어 준 사진도 있었다. 사진을 넘기다 보니 초영이와 우리 넷이 찜질방에서 수건으로 양 머리를 하고 우스꽝스러운 표정으로 찍은 사진도 있었다.

3주 전쯤, 초영이 생일에 나는 초영과 단둘이 새로 생긴 찜질방에 갔다. 찜질방 식당에서 초영이와 치킨을 먹고 있는데, 우리가 찜질방에 간 걸 어떻게 알았는지 갑자기 상균, 민혁, 경수가 들이닥쳤다. 거기서 다섯 명이 신나게 놀았다. 엄마가 저녁 먹기 전에 빨리 들어오라고 재촉해서 우리는 각각 여탕, 남탕으로 씻으러 들어갔다. 사우나에서 친구들과 도라에몽 초코 우유를 한 개씩 먹고, 누가 더 멀리 싸나 내기하면서 화장실에서 소변을 보았다. 온탕 속에서 누가 더 오래 참나 내기하다가 승부욕에 불타서 고개를 박고 있는 상균이를 내버려 두고 모두 슬쩍탕 속에서 나오기도 했다. 누구 게 더 큰가, 논쟁도 했다. 비누를 거품 내서 온몸에 바르면서 내가 말했다.

"너희 이러다가 나랑 초영이랑 결혼하면 신혼여행까지 따라오겠다."

"못 따라갈 거 없지."

친구들 셋이 하나같이 다 따라올 거라고 했다. 낄낄거리던 녀석들의 웃음소리가 귓가에 들리는 듯했다.

나는 마음이 무너져 내렸다. 속절없이 눈물 한 방울이 또르르 얼굴로 굴러 떨어졌다. 심란한 마음을 가눌 길이 없었다. 거실로 나오려고 방문을 여는 순간, '딩동' 초인종이 울렸다. 상균, 민혁, 경수가 동시에 일어나 우르르 문으로 달려갔다. 문이 열렸다. 한 손에는 아이스크림 한 통을 흔들며, '우리들의 그녀' 초영이 해맑게 미소 짓고 있었다. 나는 방문 앞에 서서 울 듯한 표정으로 나 혼자만 들리게 중얼거렸다.

"젠장, 나도 이제 호주로 가야 하나?"

내 남자, 꽃남자

눈의 여왕

나는 블라우스 단추를 맨 위부터 하나씩 천천히 풀었다. 깊은 한숨이 훅 새어 나왔다.

'이게 정말 잘하는 짓일까?'

열일곱 살 소녀가 사랑하는 남자 앞에서 상반신 나체가 되는 것. 별거 아니라고 생각했지만 조금 후회가 된다. 아니다! 지금 화장실 밖에는 내가 그토록 좋아하는 나의 꽃남자 지오가 나를 기다리고 있다. 나는 힘차게 마지막 단추를 단춧구멍에서 튕겨내고, 블라우스를 벗어 쇼핑백 안에 둘둘 접어 넣었다. 이번에는 우리 아빠가 '난닝구'라고 부르는 '탑'을 손볼 시간이다.

나는 지오에게 메이크업 실기 2급 자격증 시험 모델로 간택되었다. 지금은 연습을 돕기 위해 지오의 미용 학원에 와 있다.

지오가 하고많은 애들 중에 나한테 모델이 되어 달라고 부탁했을 때, 나는 하루 종일 턱이 빠질 만큼 웃어 댔다. 도와 달라는 쪽은 지오였지만, 더 고마워한 쪽은 나였다. 토요일인 오늘, 아빠가 분명히 불야성(우리 아빠가 운영하는, 아니 아빠가 온 가족을 착취하면서 운영하는 중국집 이름이다.)으로 나를 불러 배달을 시키든 서빙을 시키든 부려 먹을 게 뻔해서, 나는 아침에 눈뜨자마자 도망쳤다. 지금쯤 아빠는 밀린 배달을 하며 내 욕을 실컷 하고 있을 거다. 오늘 아빠가 만든 짜장면에는 아빠의 짜증이 양념처럼 잔뜩 버무려져 있겠지.

메이크업 실기 2급 자격증 시험은 주제가 두 개라고 했다. 첫 번째 주제는 '노인'. 이건 얼굴에만 메이크업을 하니까 블라우스를 입어도 된다. 두 번째 주제는 '판타지'. 이건 목까지 분장이 들어가야 해서 끈을 뗀 탑을 입어야 한다. 지오가 블라우스 안에 아예 끈을 뗀 탑을 입고 오라고 했지만, 오는 동안 혹시나 탑이 줄줄 흘러내릴까 봐 끈을 달고 왔다.

나는 조심스레 탑을 벗어 끈을 떼었다. 이제는 브래지어 끈을 뗄 차례.

화장실 칸막이 밖 세면대에서 높은 목소리들이 물소리에 섞여 들려왔다.

"아까 지오가 데려온 모델 봤어?"

나다. 이것들아.

"지오 걔는 여자애들한테 인기도 많다면서 왜 그런 애를 데리고 왔지?"

"그러게. 진짜 화장품값이랑 라이닝 컬러값 대박 들겠다. 남들보다 세 배는 들걸?"

"설마 진짜 자격증 시험 때 걔를 데리고 오진 않겠지?"

"누가 아니래. 좋은 모델의 조건 첫 번째, 얼굴이 작을 것. 두 번째, 쌍꺼풀이 있을 것. 세 번째, 콧대가 높을 것. 그래야 똑같은 화장을 해도 돈도 덜 들고 화장발도 먹지. 근데 아까 그 돼지는 얼굴도 커, 뭘 그렇게 처먹고 잤는지 눈도 퉁퉁 부어 있더라. 콧대도 낮아서 셰이딩 넣느라 섀도도 쏟아붓겠어."

"호호호. 지오 부자인가 봐."

둘이 킬킬거리며 밖으로 나가는 소리가 들렸다. 상대의 호응을 얻은 뒷말은 빠르게 힘을 얻는 법. 화장실에서 나간 그녀들의 목소리는 복도를 삼킬 듯 메아리쳤다. 여자애 중 한 명이 갑자기 콧소리를 넣어 말하는 소리가 들렸다.

"지오야. 안녕! 너 아까 노인 분장 진짜 잘하더라. 네 모델이 장군감이라 그런지 할아버지 분장이 진짜 잘 어울리던데."

이건 뭐 욕이야 칭찬이야. 나는 '메이크업 모델'이라고 해서 요즘 SNS에서 유행하는 '앗, 화장만 했는데 성형한 줄 알았네 화장법'으로 화장을 받고 예쁘게 변신할 줄 알았다. 막상 와 보니 첫 번째 주제는 '노인 분장'. 나는 40분 만에 턱수염 난 노인이 됐다. 누가 봐도 강원도에서 멧돼지들과 싸우며 감자 농사를 짓는 할아버지로 보였다. 좋아하는 남자 앞에서 할아버지로 변

신해서 창피했고, 그럼에도 지오 옆에 있다는 게 설렜다. 인생
이 이래서 아이러니한 거지, 뭐. 잠깐, 지오 목소리가 들렸다.

"근데 말이야. 내 모델 피부가 완전 좋아서 내가 표현하고 싶
은 대로 다 표현할 수 있는 거야. 너희들이 뭐라 할 그런 애 아
니니까 그만 입 닫지."

"어머, 별꼴이야. 쟤 뭐래니?"

나는 화장실 칸막이에서 나왔다. 여자애들, 그리고 타인들
의 저런 얘기를 한두 번 듣는 것도 아니다. 어제 불야성에 온 한
커플도 남자가 여자에게 "야! 쟤는 여기서 파는 짜장면 자기가
다 먹나 봐."라고 하자, 여자가 "자기는 내가 저렇게 뚱뚱해지
면 나랑 헤어질 거야?"라며 수군거렸다. 타인들의 그런 얘기를
들으면, 날카로운 화살이 내 심장을 찌르는 것 같다. 하지만 나
는 '같은 화살에 두 번 찔리지 마라.'라는 내 인생의 신조를 떠
올리며 훌훌 털어 버리려고 자기 최면을 건다. 사람이 어쩔 수
없이 남이 내뱉은 독한 말 화살에 한 번은 찔릴 수 있다. 하지만
한 번 찔린 화살을 계속 곱씹으며 두 번, 세 번 찔리면 나만 손
해다. '한 번 찔린 화살로 여러 번 아파하지 말기.' 그게 내가 이
외모지상주의 대한민국에서 살아남을 수 있는 비법이다. 이번
화살은 으윽, 좀 심하게 아프다. 내 사랑 지오 앞에서 맞은 거
니까. 하지만 지오가 단번에 쑥, 그 화살을 뽑아 주었다. 이 또
한 인생의 아이러니다.

나는 세면대 거울을 보았다. 거울 속에는 78kg의 까무잡잡

한 소녀가 '통통함'을 이미 훌쩍 뛰어넘는 육중한 몸을 드러내고 있었다. 숨을 크게 쉬었다가는 터져 버릴 것 같은 끈 없는 탑을 입고, 머리에는 하얀색 짱짱한 밴드까지 하고 있어서 안 그래도 볼살에 밀려 올라간 눈이 더 올라가 보였다. 내가 봐도 볼썽사나웠다. 나는 애써 용기를 내서 거울 속의 나에게 한쪽 눈을 찡긋거리며 웃어 보였다.

화장실 문을 열고 나왔다. 지오가 나를 향해 따뜻하게 웃으며 두툼한 하얀 수건을 건넸다. 나는 얼른 쇼핑백을 내려놓았다. 수건 한쪽 끝을 가슴 앞쪽에서 잡고 다른 쪽 끝을 등 뒤로 돌려 다시 가슴까지 당겨서 단단히 여몄다. 왠지 예전 〈개그 콘서트〉에서 한 뚱뚱한 개그맨이 비닐을 배에 돌돌 감으면서 '삼겹살 포장'이라고 했던 자학 개그가 떠올랐다. 지오와 나는 연습실로 들어갔다.

지오 학원의 연습실은 개업 전 미용실 모습 같았다. 한쪽 벽에는 큰 거울 두 개가 붙어 있고, 반대쪽 벽에는 작은 거울 네 개가 놓여 있었다. 테이블과 선반 곳곳에 머리만 있는 마네킹들과, 보기에 민망한 상반신 나체의 마네킹들이 당당하게 놓여 있었다. 이곳에서 당당하지 않은 건 나뿐인 것 같았다. 주변에는 연습생 여섯 명과 그들이 데려온 모델들이 자리를 잡았다. 나는 쭈뼛거리며 의자에 앉았다.

"노을아, 판타지 메이크업 시작할게. 내가 널 오늘 눈의 여왕으로 만들어 줄게."

지오가 진지한 얼굴로 메이크업 베이스를 스펀지에 짜서 내 얼굴에 발랐다. 나는 눈을 감고 지오의 손길을 느꼈다. 지오는 하얗다 못해 핏줄까지 보이는 투명한 피부를 가졌다. 미술 책에 나오는 '술의 신 디오니소스'랑 똑같이 생겼다. 갈색 곱슬머리, 호리호리한 몸매, 눈두덩이 푹 꺼져 음영이 진 눈, 오똑한 콧날, 고집스러운 듯 얄팍한 입술. 월계수 대신 어디서 아쉬운 대로 상추 잎사귀라도 뜯어다가 머리에 올려놓으면 그냥 디오니소스다. 쓱쓱, 지오가 미술 시간에 쓰는 팔레트 같은 도구를 펼쳐 놓고 내 얼굴을 도화지 삼아 붓질을 했다. 그리스의 남신이 어느 풍요로운 포도밭에서 내 얼굴을 매만져 주는 느낌이다.

지오가 가는 붓으로 내 볼에 뭔가를 그려 넣었다. 간질간질했다. 나는 잠깐 사이에 나도 모르게 까무룩 잠이 들었다. 아주 잠시이긴 했지만 드르렁드르렁 코를 골았던 것도 같다. 잠시 후, 어깨에 차가운 감촉이 느껴져 소스라치듯 일어났다.

"피곤하지? 미안, 여기 좀 수정할게."

지오는 차가운 물티슈로 어깨에 그려진 까만 선 하나를 꼼꼼하게 닦았다. 어젯밤 아빠의 명령으로 배달 음식 그릇을 밤 11시까지 수거하느라 잠을 못 자서 일어난 일이다. 정말 내 인생에 도움이 안 되는 아빠다. 지오는 눈을 끔벅거리는 나를 보고 한 번 씩 웃었다.

나는 변신해 갔다. 거울 속에는 심각하게 우람하긴 하지만, 어쨌건 '눈의 여왕 엘사'가 있었다. 눈썹은 짙은 주황색으로 과

장되게 그려졌다. 눈두덩이 위에는 반짝거리는 핑크색 아이섀
도가 발라져 있었다. 입술에는 은색 펄이 칠해져 번쩍거렸다.
볼과 어깨엔 파란색과 은색 눈 결정 모양이 여기저기 그려졌다.
양쪽 눈 아래엔 반짝이는 파란색 아이섀도가 눈물처럼 흐르고
있었다. 겹겹이 붙인 속눈썹 때문에 눈 깜빡이는 게 조금 힘들
었다. 하지만 그 풍성한 속눈썹과 내 눈 크기보다 더 굵게 그린
아이라인 덕분에 눈이 세 배는 커 보여서 아주 마음에 들었다.
내가 거울 속의 내 모습을 황홀한 듯 쳐다보고 있는데, 연습실
맨 끝에서 아까 화장실의 여인들인 것 같은 여자애 둘이서 키득
거리는 소리가 들렸다.

"〈무한도전〉에서 정준하가 에어로빅 옷 입은 것 같지 않냐?"

"그러게. 여장 남자."

나는 그 이야기를 못 들은 척하고, 거울 속의 내 모습을 싱글
싱글 웃으며 쳐다보았다. 귀담아들어 봤자 도움이 안 되는 얘
기는, 토란잎에 궁글다가 또르르 굴러가는 물방울처럼, 톡 하
고 빨리 털어 내는 게 정신 건강에 이롭다. 지오는 핸드폰을 꺼
내 내 사진을 여러 장 꼼꼼하게 찍었다. 목 부분만 찍을 때는 가
슴골이 보일까 봐 수건을 끄집어 당겨 올렸다. 지오의 핸드폰에
내 사진이 저장된다고 생각하니, 가슴이 떨렸다. 나도 내 모습
을 얼짱 각도로 여러 장 찍었다. 나는 아쉬운 마음에 한참을 더
거울을 들여다보다 세 겹이나 붙인 인조 속눈썹들 떼 냈다.
지오가 클렌징 티슈를 건넸다.

"내가 왜 너한테 모델 해 달라고 한 줄 아니?"

"그야 뭐 내가 예뻐서?"

나는 속으로 '어머, 미쳤어, 미쳤어.' 하면서도 태연하게 이딴 소리를 내뱉었다. 지오는 웃으며 고개를 끄덕였다.

"물론 네가 예쁘긴 하지. 난 너랑 있으면 〈겨울 왕국〉의 엘사 생각이 나. 그것도 성을 버리고 혼자 떠난 영화 전반부 엘사가 아니라, 자기 자신을 있는 그대로 사랑할 줄 아는, 성으로 돌아온 엘사."

"내가 엘사라고?"

오잉? 영화 전반부 엘사는 무엇이며, 성으로 돌아온 엘사는 또 뭘까? 가끔 지오는 어려운 말을 한다. 우리 반 남자애들은 지오가 무슨 말을 하면 '중2병이다, 손발이 오그라든다.'고 비난한다. 하지만 나는 지오가 무슨 말을 해도 다 멋있어 보인다. 어쨌든 나는 지오가 나한테 엘사라고 한 게 믿어지지 않았다. 전국의 어린이들이 목 놓아 '레릿꼬'를 부르게 만든 그 엘사 아닌가! 지오가 고개를 갸우뚱하는 나를 보고 씽긋 웃었다. 아, 심장이 또 멈추는 것 같다.

"나, 너 원래 나랑 잘 통하는 애라고 생각은 했지만, 수련회 가서 춤추는 거 보고 완전 반했잖아."

아, 그거. 지난달 수련회에서 난 우리 반 대표로 장기자랑에 나갔다. 내가 초등학교에 입학한 이래 늘 있는 일이다. 난 완전히 무대 체질이다. 난 우리 반 여자애들 다섯 명과 함께 걸그

룹 댄스를 췄다. 내가 황금색 긴 가발을 쓰고 분홍색 블라우스에 검은색 미니스커트를 입고(여성 빅 사이즈 쇼핑몰에서 정말 어렵게 구했다. 요즘 우리나라는 옷을 너무 손바닥만 하게 만드는 경향이 있다. 특히 지하상가 옷을 만드는 상인들이여, 각성하라!) 무대에 올랐다. 관객석에서 온갖 야유가 난무했다. 그러거나 말거나, 난 최대한 깜찍한 표정과 요염한 동작을 선보이며 무대를 즐겼다. 뭐 뚱뚱하면 춤도 못 추나? 아이돌 노래가 끝날 무렵에는, 제일 괴로워하며 발작 직전인 맨 앞줄에 앉은 남학생을 무대에 끌고 와 그 남자애를 세워 놓고 섹시 댄스까지 추고 내려왔다. 인기상은 당연히 내 차지였다. 게다가 '춤추는 코끼리'라는 제목으로 여러 포털 사이트에 내가 춤추는 동영상이 돌았다. 그 동영상을 보고 내가 옷을 산 빅 사이즈 쇼핑몰에서 연락이 왔다. 자기네 쇼핑몰 모델이 되어 달라고 했다. 하지만 쇼핑몰이 우리 집에서 세 시간 거리에 있는 평택에 있어서 포기했다. 지오가 내 왼쪽 광대를 가리키며 그쪽을 더 지우라는 듯 문지르는 시늉을 하며 말했다.

"엘사가 마음속의 콤플렉스, 남에게 말 못 할 비밀을 안고 현실에서 떠나 버리잖아. 그리고 엘사 무의식 속에 있는 못난 자아는 무시무시한 눈 괴물이 돼서 자기에게 다가오는 인간들을 쫓고. 인간에게는 누구나 그런 못난 눈 괴물 같은 모습이 있다는 걸 엘사가 보여 주는 것 같아. 하지만 결국 엘사는 그런 자기를 극복하고 잘 살아가잖아. 난 너를 보면 인생을 축제처럼 사는 여왕 엘사가 생각나. 내가 정한 판타지 주제랑 딱 어울려. 요즘 난 내 안의 무시무시한 눈 괴물, 남들에게 들킬까 봐 무서운 눈 괴물을 어떻게 해야 하나 고민 중이거든."

이게 도대체 무슨 말일까? 무의식은 무엇이고, 눈 괴물은 무엇일까? 혹시 좋아하는 여자애가 생겨서 나에게 상담을 신청하는 거라면, 저 입을 막을 필요가 있다.

"지오야. 나 배고파."

"응. 그래. 그게 네 매력이야. 밥이나 먹으러 가자."

나는 클렌징 티슈로 목과 얼굴을 닦고 블라우스를 입었다. 도합 두어 시간가량 꼼짝 않고 앉아 있었더니 힘들긴 했다. 지오는 집에 가서 꼭 클렌징크림으로 1차 세안, 클렌징 폼으로 2차 세안을 하라고 잔소리를 했다. 지금은 내가 피부가 좋지만 그것만 믿고 클렌징을 제대로 하지 않으면, 모공에 화장품 찌꺼기가 남아 색소 침착이 되고 피지가 생긴다나. 나는 알았다고 큰소리쳤지만 집에 가서 나의 유일한 세안제 겸 바디 샤워제인 알뜨랑 비누로 쓱쓱 문지르고 말 생각이다.

나는 지오가 모델료를 준다는 걸 극구 사양했다. 모델료를 받으면 우리 사이가 뭔가 공적인 사이가 되는 것 같았다. '너 때문에 이 정도 시간을 내가 내줄 수 있다.'는 걸 보여 주고 싶었다. 지오가 그러면 밥을 사겠다고 했다. 지오는 나를 데리고 고기 뷔페를 갔다. 지난번 반 단합 대회 때 왔던 곳이다. 나를 알아본 사장님이 갑자기 미간을 찌푸리며 손톱을 물어뜯었다. 나는 아랑곳하지 않았다. 내 앞에서 부지런히 고기를 구워 주는 지오가 있고, 선홍색 고운 자태를 드러낸 내 사랑 고기도 있으니 이보다 더 행복할 수 없는 토요일이었다. 나는 가볍게 스무 접시쯤 먹고 배를 두드리고 트림을 하면서 집으로 돌아왔다. 아, 나는 지오가 너무 좋다! 지금 집에 들어가서 아빠가 짜장면 소스 남은 그릇을 나에게 던질지라도, 양파 이백 개를 까고 자더라도 절대 후회하지 않을 거다.

지오의 즉문즉답

이틀 지난 월요일 아침. 1교시 체육 시간. 그 누가 시간표를 이렇게 짰는지 몰라도 월요일 1교시 체육은 아주 바람직하다. 요즘에는 보라색 등나무 꽃이 만개하여 달콤한 향기를 풍긴다. 오늘은 바람도 포근하다. 햇살이 어른거리는 등나무 그늘에서 수다 떨기 딱 좋은 날씨다.

우리 체육 선생님은 정년을 앞둔 할아버지 샘인데 별명이 '자공'이다. 매주 월요일 1교시에는 '자, 공' 하면서 애들에게 공을 던져 준다. 오늘도 자공께서 잠시 얼굴을 찌푸리더니 "오늘은 특별히 자유 시간을 준다."며 공을 던져 주었다. 남자애들은 소리를 지르며 운동장으로 뛰어갔다. 화성에 데려다 놔도 계속 공만 찰 종족들이다. 스탠드에 남아 있는 남자애는 지오뿐이다. 여자애들도 "앗싸!" 하며 깡충거렸다. 자공은 여자애들에게 피구 공을 던져 주더니 스탠드 옆 주차장을 개조한 체육 샘들의 아지트로 들어갔다.

자공은 모를 거다. 이 시간이 얼마나 우리에게 위로가 되는 시간인지. 우리는 일주일 내내 하루 일곱 시간씩 딱딱한 책상 앞에 앉아서 선생님들이 하는 말을 꼼짝 않고 받아 적어야 한다. 학원에 가거나, 보충 수업에 야자까지 하는 애들은 하루에 도합 열네 시간 넘게 꼬박 책상 앞에 앉아 있어야 한다. 이렇게 둘러앉아 친구들과 얘기하는 시간이라도 없으면, 우리는 공부하는 화석이 되어 버릴지도 모른다.

여자 애들이 수다를 떨 태세를 갖추고 있는데, 시준과 몇몇 남자애들이 급하게 등나무 스탠드로 달려왔다. 시준이 지오에게 손을 내밀었다.

"지오야, 너 선크림 있지? 오늘 햇볕 장난 아니다."

지오가 시준에게 선크림을 내밀었다. 시준과 남자애들이 가부키 화장을 한 것처럼 얼굴에 덕지덕지 허옇게 선크림을 바른 후, 운동장으로 몰려갔다. 시준과 경헌이 편을 나누어 축구 경기를 시작하는 모습이 보였다. 시준을 짝사랑하는 정주가 시준의 모습을 보며 넋이 나간 표정으로 중얼거렸다.

"시준이 진짜 멋지다. 초영이랑 사귀지만 않았어도 내가 확 대시하는 건데. 운동도 잘해, 성격도 좋아, 잘생겼어. 정말 괜찮은 놈들은 다 임자가 있어요."

하긴 시준이는 내가 보기에도 인간성이 괜찮아 보인다. 같은 남자지만, 경헌과는 달랐다. 경헌은 입학 첫날, 우리 반 도움반 아이에게 대놓고 "넌 장애 몇 급이냐?" 하고 빈정댔다. 지금까지도 도움반 아이를 못마땅해하며 늘 면박을 준다. 윤리 시간에 난민 이야기를 하며 선생님이 알려 준 번호로 난민 응원 문자 보내기를 할 때도 큰 소리로 "너희 나라로 돌아가."라고 한 아이다. 녀석의 눈에 정상인 사람은 '축구를 잘하는 남자'와 '쭉쭉 빵빵 얼굴 예쁜 여자'밖에 없다. 에구, 경헌 생각을 하니, 평생 밥맛 떨어질 일이 없는 내가 밥맛이 다 떨어지려고 한다.

운동장을 보니, 경헌이 시준에게 거칠게 태클을 거는 모습이 보였다. 시준이 허벅지를 움켜쥐며 나동그라졌다. 아무튼 경헌은 축구도 저렇게 지저분하게 한다. 옆을 보니, 지오가 벌떡 일어나 그 모습을 안타깝게 쳐다보고 있었다. 정주가 자기가 가서 시준에게 응급 처치와 인공호흡을 해 줘야 한다고 난리 치는 걸 내가 말렸다. 시준이 다시 일어나 공을 쫓는 모습을 보고 난 후, 지오가 나에게 홀쭉해진 선크림을 건넸다.

"왕노을, 제발 너 선크림 좀 발라. 내가 입이 아프게 물리적 자외선 차단제, 화학적 자외선 차단제 어쩌구 토요일에 얘기해 줬는데 어쩜 이렇게 말을 안 듣니? 너 그러다 그 좋은 피부 다 망가져."

"어머, 너희 둘 사귀니?"

정주가 호들갑을 떨자, 지오가 씩 웃으며 내게 오른손 주먹을 내밀었다.

"노을이랑 난 형제야. 그치, 노을아?"

난 애써 활짝 웃으면서 왼손 주먹을 지오의 주먹에 갖다 댔다. 나는 일부러 과장되게 말했다.

"야, 우린 형제야. 니들도 알잖아."

그 모습을 보고, 미령이가 입을 삐죽거렸다.

"너, 토요일에 애 모델로 데려갔다며? 치, 나도 메이크업하는 거 구경하고 싶었는데."

송미령. 얘는 현재까지 나의 가장 친한 친구이자 가장 강력한 사랑의 라이벌이다. 그래서 토요일에 고기 뷔페에서 나오면서 바로 미령이에게 카톡으로 자랑질을 했다. 내가 섹시하게 변신한 눈의 여왕 사진도 전송하고, 고기 뷔페의 지글거리는 불판 위 고기 사진도 보냈다. 내가 어깨와 팔뚝을 훤히 드러내고 메이크업을 받은 사진을 보자마자, 미령이는 자기가 더 민망하다며 펄펄 뛰었다. 그 모습을 보며 나는 내가 미령이보다 더 지오와 친하다는 우월감에 빠져들었다.

미령이는 모델 지망생으로 자기 사촌 언니네 쇼핑몰 피팅 모델로 일하고 있다. 173cm에 49kg의 살인적인 몸매의 소유자다. 얼굴도 내 주먹만 하다. 신은 공평한지 얼굴은 아주 예쁘지는 않고 그냥 개성 있게 생겼다고 해 두겠다. 하지만 몸매가 종 잇장처럼 말랐다. 21세기가 원하는 말라비틀어진 몸매다. 그 몸 안에 오장육부가 다 들어가 있다는 사실이 신기하다. 안 죽고 사는 거 보면 들어 있을 게 다 들어 있긴 한 것 같다. 거기다가 비율이 좋다. 남들 가슴 있는 부분부터 허리가 시작되는 서구적인 몸매를 지녔다. 내 손목과 미령이 허벅지 두께가 비슷하다고 보면 된다. 나와 함께 다니면 '뚱뚱이와 홀쭉이' 개그 듀오 같다. 우리 집에 와도 짜장면 곱빼기에 탕수육을 우걱우걱 잘도 먹는데, 살이 안 찐다. 정말 밉상이다. 너무나 태연하게 "나 요즘 배 나온 것 같아. 살 빼야겠다."라는 말을 서슴지 않고 내뱉는 만행을 곧잘 저지른다. 하지만 미워할 수가 없다. 내 얘기를 비롯해 친구들 얘기를 잘 들어 주기 때문이다. 내가 무슨 말을 하건 방청객 아르바이트하는 애처럼 웃는다. 그래서 난 비록 사랑의 라이벌이긴 하지만, 미령이가 좋다.

미령이는 옷 쇼핑이 취미다. 백화점, 인터넷, 지하상가에서 닥치는 대로 옷을 사 모은다. 이 옷 저 옷으로 코디를 해서 사진을 찍는다. 사진을 현상한 뒤, 기괴하긴 하지만 목부터 발까지 잘라 자기만의 포트폴리오를 만들어서 들여다보는 게 일상인 아이다. 화장에도 관심이 많아서 당연히 지오랑은 잘 맞았다. 둘이 옷 얘기하고 화장품 얘기하느라 속닥거리는 걸 볼 때는 속에서 불이 난다. 어제도 내가 불야성에서 양파 두 망을 까며 눈물을 흘리고 있을 때 미령이가 지오를 불러내서 같이 화장품 사러 갔다고 했다. 푼수 같은 미령이지만 지오에게 꼬리 칠 때는 확실히 친다. 내 속만 바싹바싹 타들어 갈 뿐.

어쩌면 지오는 미령이를 좋아하고 있을지 모른다. 그러니 금쪽같은 일요일에 미령이가 부른다고 나갔겠지. 토요일에 고기

구울 때 언뜻언뜻 깊은 그림자가 드리워진 지오의 눈빛을 난 놓치지 않았다. 지오의 그 눈빛은, 지오를 짝사랑하면서부터 내가 거울에서 보아 오던 내 눈빛 그대로였으니까.

나는 혼자 질투심으로 불타올랐다. 여자애들이 어느새 지오 주변에 바싹 몰려들었다. 예전에 한 스님의 '즉문즉답'이라는 게 유행했다는데, 우리에게는 '지오와 함께하는 즉문즉답'이 있다. "나 살 빼고 싶어."라고 한 여자애가 말하면 지오가 "밥 줄이고 밀가루 끊어."라고 말해 준다. 이게 참 별거 아닌 것 같지만 지오의 쿨한 즉답을 듣고 나면, 사이다를 마신 것처럼 속이 뻥 뚫린다. 오늘의 첫 번째 즉문즉답 의뢰인, 새봄이 자기 턱을 가리켰다.

"지오야, 나 여드름 요즘 장난 아니게 올라와. 이거 어떡해?"

지오는 피부과 의사처럼 새봄의 얼굴을 이리저리 살폈다.

"여드름 피부에는 티트리 성분이 좋아. 먼저 여드름이 난 부위를 가라앉혀 주는 게 좋지. 내가 쓰는 티트리 오일 소개해 줄게."

"대박! 땡큐."

다음은 가인이 차례였다. 가인이도 피부 상담을 했고, 지오가 모델링 팩을 추천했다. 팩 파는 곳, 각질 제거제를 직접 만드는 법까지 설명하자, 가인이가 핸드폰을 꺼내 메모를 하며 들었다.

예쁘게 생긴 것들인 더 예뻐지려고 저 난리를 쳐 댄다. 부익

부 빈익빈이다. 재수 없다. 지오가 미령이를 보더니 갑자기 미령이의 앞머리를 쓱 올렸다. 내 눈에서 불꽃이 튀었다. 미령이는 짐짓 놀랐겠지만, 피식 웃으며 가만히 있었다. 계집애, 어디서 눈웃음이야?

"넌 모델 한다는 애가 눈썹이 이게 뭐니? 눈썹 두께가 너무 얇은 데다가 눈썹 길이가 지나치게 길어서 촌스러워 보여. 넌 얼굴형이 계란형이어서 요즘 유행하는 일자 눈썹이 잘 어울릴 것 같아. 이 부분은 지우고, 여기를 일자로 두툼하게 채워 주면 돼."

지오는 손가락으로 미령이 눈썹을 짚으면서 말했다. 그 어느 선생님이 강의를 한다 해도 이보다 더 귀에 쏙쏙 들어올 수는 없었다. 여자애들도 귀를 쫑긋거리며 경청하고 있었다. 저 자세로 공부를 했으면 수능 1등급은 다 우리 차지일 텐데……. 나는 여자애들에게 둘러싸여 이야기를 하는 지오를 보자 옛날 생각이 났다. 지오를 만나기 전, 난 알뜨랑 비누 하나로 머리부터 발끝까지 씻고, 수건으로 탈탈 털고 나왔다. 가끔 심하게 피부가 땅긴다 싶으면 집에 굴러다니는 로션 하나만 철썩철썩 발랐다.

지금 생각하면 하늘이 도와서인지 나는 입학하자마자 한 달 동안 지오와 짝이 되었다. 지오는 볼에서 우두둑 때처럼 각질이 떨어지는 나를 보고 '복합성 피부'라며 화장품을 추천해 주었다. 세심하게 손가락으로 내 얼굴의 구석구석을 가리키며 T 존은 지성이고, U 존은 건성이라 화장품을 각각 사야 한다고 했다. 지오의 말을 듣고 나는 '올리브 영'이란 곳도 처음 가 봤고, 내 돈 주고 화장품도 처음 사 봤다.

지오는 내 얼굴에는 '여름 쿨 톤' 화장이 어울린다면서 이것저것 내게 화장품을 권해 주었다. 물론 아직 난 화장하는 게 어색해서 BB 크림만 생각날 때 가끔 바른다. 하지만 지오를 생각하면 난 여성스러워지고 싶다. 그래서 지오를 만난 후부터는 버스 탈 때 바지 엉덩이 주머니에 티머니 카드를 넣고 교통카드 단말기에 엉덩이를 들이밀며 '청소년입니다.'라는 소리를 들으면서 히죽거리던 일을 그만하게 되었다. 지금도 미령이는 버스 탈 때마다 한 번만 엉덩이로 찍어 보라고 조르지만 지오의 여자는 왠지 그러면 안 될 것 같아서 자제하고 있다.

중학교 때 남자애들은 나에게 항상 '돼지 냄새난다.'며 놀렸다. 체육 대회 때 줄다리기, 여자 씨름할 때만 나를 보고 새삼스레 반색하며 반가워했다. 남자애들이 날 놀려도 난 대개 한 귀로 듣고 한 귀로 흘렸다. 하지만 집요하게 날 놀리면 멱살을 잡고 벽에 던져 버렸다. 더 어릴 때는 나를 놀리는 남자애들을 공포의 배 튕기기로 교실 한구석으로 날려 버렸다. 난 남자들은 다 그런 줄 알았다. 얼굴이 예쁜 애한테는 사족을 못 쓰고 못생긴 여자애들을 당연히 함부로 대해도 된다고 생각하는 족속들. 뚱뚱한 여자 보는 걸 벌레 보듯 하는 족속들. 여자가 뚱뚱한 건 그 사람이 게으르고 나약한 돼지라는 증거라고 손가락질하는 족속들.

하지만 지오는 다른 남자애들과는 달랐다. 나를 보면서 내가 가장 예뻐질 수 있는 방법을 이야기해 주었고, 내 이야기를 세상에서 가장 중요한 이야기인 양 잘 들어 주었다. 아빠의 중국집에서 내가 착취당하는 얘기며, 알게 모르게 내가 외모 때문에 당했던 서러웠던 얘기들도 지오에게 하는 순간, 그 모든 상처들이 스르르 치유되는 것을 느꼈다.

나는 어른이 되면, 우리 집 불야성을 탈출해서 멀리 떠나는 게 꿈이다. 안 그러면 아빠에게 붙잡혀 평생 중국집에서 배달이나 하며 살아야 할 것 같기 때문이다. 아빠는 날 대학에 보낼 생각도 없다. 또 외모지상주의인 한국에서 살기 싫다. 뚱뚱한 소녀가 살기에 한국이라는 나라는, 베어 그릴스 아저씨가 활약하는 오지만큼 살기 힘든 곳이다. 그래서 난 자주 친구들에게 고등학교만 졸업하면 무슨 일을 해서라도 외국으로 나가서 살 거라고 했다. 그러면 친구들은 하나같이 "너 먹는 거 좋아하잖아. 중국집과 너는 떼려야 뗄 수 없는 관계야. 중국집의 마스코트는 바로 너."라거나, "이 경제 불황의 시대에 물려받을 가업이 있는 것을 다행으로 알고, 닥치고 양파나 까라."고 했다.

내 얘기를 듣고 진지하게 "어느 나라에서 살고 싶냐, 외국어 공부는 어떻게 하고 있냐."고 물어봐 준 유일한 아이가 지오다. 네일 아트나 미용 기술을 배우면, 호주나 뉴질랜드 기술 이민자로 갈 수 있다며 나에게 미용을 권하기도 했다. 내가 미용은 싫다고 하자, 지오가 나는 성격이 상냥하니까 간호사를 해도 좋을 것 같다며 간호학과도 알아보라고 했다. 그래서 나는 요즘 간호학과를 목표로 공부하고 있다. 지오는 정말이지 사랑하지 않을 수 없는 녀석이다. 지오가 메이크업 아티스트가 되고, 나는 간호사가 되어 결혼을 해서 함께 호주로 떠난다면? 히힛. 나는 이런 생각을 하며 혼자 쿡쿡 웃었다.

'지오의 즉문즉답'은 '코 팩에 대한 오해와 진실', '식염수를 활용한 세안법', '파운데이션 21호냐 23호냐', '달걀흰자 비누의 효능', '키스를 부르는 촉촉한 입술을 만드는 법'을 주제로 계속되었다. 집안 이야기, 성적 이야기를 털어놓는 아이들도 있었다. 흡사 10대들의 〈아침 마당〉 같았다.

핸드폰을 보니 이제 1교시 종 칠 시간이 5분밖에 안 남았다. 나는 노래방에서 1분 남았을 때 마지막 곡을 다급하게 신청하는 심정으로 지오에게 물었다. 지오에게 꼭 한번 묻고 싶은 말이었다.

"지오야. 왜 남자애들이 나를 여자로 안 볼까?"

중학교 때도 댄스 동아리 남자 후배들이 나를 '아는 형'이라고 불렀다. 다른 말로는 '머리 긴 형'이라고도 불렀다. 이 질문을 하면서 나는 눈을 반짝거렸다. 진짜 질문은 이거였다.

'지오야. 난 너에게는 여자로 보이고 싶어. 어떻게 해야 할까?'

지오가 자기 팔짱을 끼고 나를 쳐다보았다. 입가에는 잔잔한 미소가 번져 있었다. 지오의 깊고 투명한 갈색 눈동자를 보니 가슴이 일렁거렸다. 등나무 아래로 한 줄기 들어온 햇살 때문인지 갑자기 눈도 부셨다.

"나는 지나가는 사람이 좋은 향수를 쓰면 저절로 뒤돌아보게 되던데. 노을아, 너도 좋은 향수를 골라 봐."

나는 고개를 세차게 끄덕였다. 향수라고! 오케이! 불야성에 있는 탈취제를 오늘부터 일 리터씩 팍팍 뿌려야겠다. 그때였다.

"앗, 조심해!"

운동장의 공이 스탠드 쪽으로, 더 정확히는 지오 쪽으로 날아왔다. 분명히 지오에게 '게이'니, '트랜스젠더'라고 놀리는 경헌이가 일부러 찬 게 틀림없다. 지난 금요일 영어 회화 시간에도 여자 대표 '제시카', 남자 대표 '리처드'를 뽑을 때, 경헌이가 주도해서 여자 대표 '제시카'로 지오를 뽑으며 지오를 놀려 댔다. 경헌이가 얼마 전 새봄에게 고백했는데, 새봄이 자기는 지오 같은 스타일이 좋다고 냉혹하게 차 버린 후로 더더욱 지오를 못살게 괴롭혔다. 경헌이는 애들에게 남자 망신은 지오가 다 시킨다는 둥, 지오는 게이라는 둥, 에이즈를 조심하라는 둥 헛소리를 하고 다닌다.

내가 그런 경헌이를 보며 주먹을 부르르 떨면 지오가 내게 이렇게 속삭였다.

"참아. 쟤는 자기의 약함을 숨기려고 자기보다 더 약한 사람들을 공격하면서 위안을 얻는 비겁한 아이야."

그래서 늘 참고 있었다. 그랬더니 이것이 사람이 가만히 있다고 가마니로 알고 지오를 향해 공을 찬 거다.

어쨌거나, 지금은 지오를 보호해야 한다. 이래 봬도 나는 중학교 때 체육 선생님이 투포환 선수가 되어 보라고 권할 정도로 운동 신경이 뛰어난 아이다. 나는 날아오는 공을 보고 후다닥 몸을 날려 지오 앞에 섰다. 내가 지오 어깨를 잡으려는 순간, 내 옆에 있던 정주가 '꺅' 소리를 질렀다. 정주도 공을 피하려고 다급하게 화다닥 계단을 내려가다가 어깨로 내 옆구리를 쳤다. 내 몸이 왼쪽으로 기우뚱하며, 나는 지오와 함께 옆으로 넘어질 뻔했다. 지오가 그런 나를 잡으려고 일어나다가 얼굴이 부딪쳤다. 정확히 입술이.

'쪽'

내 입술이 지오의 입술에 꼭 닿았다 떨어졌다. 첫 키스다! 너무 짧은 순간에 일어난 일이라 무슨 생각을 할 수 없었다. 너무 놀라 지오를 밀쳤다. 지오가 스탠드에 엉덩방아를 찧었다.

'퍽' 소리에 뒤를 돌아보니, 시준이가 잽싸게 달려와 날아오는 공을 손으로 받았다. 멀리서 경헌이 입 모양으로 '뭐야. 이 새끼야.'라고 하는 게 보였다. 시준이 여자애들한테 괜찮냐고 묻고는 수돗가로 달려갔다. 정주가 또 한숨을 푹 내쉬었다.

"나 쟤 예비소집일 때부터 찜 했었는데 망설이다 뺏겼어. 잘생기고, 착하고, 여자 친구한테 다 맞춰 주는 그런 애가 요즘 어딨냐? 쟤네 진짜 예쁘게 사귄다니까. 나 딴 커플은 안 부러운

데 저 커플은 부러워. 초영이는 전생에 나라를 구했나 봐."

다른 여자애들도 햇살을 받으며 달려가는 시준에게서 눈을 거두지 못했다. 지조 없는 것들. 조금 전까지 지오에게 푹 빠져 있었으면서.

나는 지오와 함께 교실로 돌아왔다. 지오는 착잡해 보였다. 세상엔 두 가지 부류의 인간이 있다. 강자에겐 강하고 약자에겐 약한 이들. 그리고 강자에겐 약하고, 약자에겐 강한 이들.

그날 방과 후, 경헌은 신발장에서 물에 흠뻑 젖은 자기 운동화를 꺼내 들고 누구 짓이냐며 울부짖었다. 나는 그 곁을 무심히 지나며, 지오에게 매점에서 따끈한 핫초코나 한잔하고 가자고 지오 손을 잡아끌었다.

그 녀석의 눈 괴물

나는 외출할 때 가방에 무언가를 꾸역꾸역 넣고 다니는 게 딱 질색이다. 그냥 내 바지 뒷주머니에 버스 카드와 비상금 만 원, 핸드폰을 쑤셔 넣으면 외출 준비 끝! 얼마나 간편한 삶인가. 지오와 버스에 오르는 순간 엉덩이를 단말기에 대고 싶은 욕망을 참고 조신하게 버스 카드를 꺼내 단말기에 댔다. 나와 지오는 나란히 버스에 올라 맨 뒷자리에 앉았다. 오늘 드디어 종로의 한 예술 대학교에서 지오가 메이크업 2급 자격증 시험을 보고 집으로 돌아가는 길이다.

지오는 지난 네 번의 연습 때보다 화장이 더 잘 된 것 같다며 다 내 덕분이라고 고마워했다. 나는 지오의 합격을 기원하며 화장 잘 받으라고 지난 일주일간 밀가루 음식을 먹지 않았다. 남들이 이유식 먹을 때부터 짜장면과 탕수육을 먹어 온 내게는 금단 현상을 부르는 일이었으나 지오를 위해서라면 그 정도는 할 수 있었다. 덕분에 턱선이 조금 날렵해졌다고 지오가 그랬다.

6월 말밖에 되지 않았는데도 무척 더웠다. 아스팔트가 아이스크림처럼 녹아내리는 듯했다. 소나기라도 오려는지 후텁지근하기까지 했다. 버스 안도 찜통이었다. 내게 더운 건, 배고픈 것만큼이나 참기 힘든 일이다. 안 그래도 나는 남들보다 육수도 많이 흘리는데, 버스의 에어컨 바람은 백이십 살 먹은 할아버지의 괄약근에서 새어 나온 방귀처럼 힘이 없었다. 나는 창문이라도 열면 시원할까 싶어 창문을 열었다. 미지근한 바람이 들어오기는 마찬가지였다. 다시 창문을 닫았다. 버스는 서울 시청 옆을 지나고 있었다. 차선 바로 옆 도로에서 수많은 사람들이 행진을 하고 있었다. 나는 창밖을 보고 중얼거렸다.

"어, 저 사람들 뭐지? 촛불 집회하나?"

'차별에 맞서 행동하자', '평등', '성 소수자도 인권이 있다', '사랑하라, 저항하라, 퀴어 레볼루션', '사랑이 범죄인가요?' 등의 현수막이 보였다.

파란 풍선과 흰 풍선으로 장식한 하얀 트럭 옆으로 무지개색 깃발들의 물결이 이어졌다. TV에서 보았던 촛불 집회 때처럼 어마어마하게 많은 사람들이 노래하며 걷고 있었다. 사람들 사이에 몇 개의 트럭도 보였다. 트럭 위에 여러 명의 여자들이 환한 얼굴로 춤을 추고 있었다.

지오도 목을 빼고 밖을 내다보았다. 서울 광장 옆에는 경찰들이 방패를 들고 서 있고, 그 뒤로 한 할아버지가 확성기에 대고 목에 핏대를 세우며 고래고래 소리치는 모습이 보였다. 그 뒤로 굳은 얼굴의 사람들이 태극기를 흔들고 있었다. '동성애는 인권이 아니라 망국의 지름길', '종말이 다가왔다', '진정한 인권은 탈동성애', '기다릴게, 돌아와' 등의 현수막이 태극기 사이사이로 보였다. 버스가 광장을 벗어날 무렵, 한 할아버지가 검은색 비닐봉지를 들고 달려와 시위대 맨 앞줄에 선 사람들에게 무언가를 뿌리는 모습이 보였다. 시위대의 정렬이 허물어지면서 일대가 아수라장이 되었다. 할아버지가 경찰에게 양팔을 결박당하고 끌려가면서도 뭐라고 소리 지르는 모습이 보였다. 멈췄던 버스가 출발하는 바람에 사람들의 모습이 점처럼 작게 보였다. 버스가 광장에서 멀어졌다. 얼른 '서울 광장 축제'를 검색해볼 생각으로 스마트폰 화면을 열었다가, 나도 모르게 소리를 질렀다.

"지금 실시간 검색어 1위가 퀴어 축제 인분 사건, 2위가 퀴어 축제야. 아, 뭐야. 방금 저 할아버지가 시위대한테 똥을 뿌렸대. 헐."

나는 이어 퀴어 축제를 검색했다.

"저거 퀴어 축제래. 우리나라 성 소수자들이 자신들의 권리를 주장하고 자신들의 존재를 세상에 알리는 축제. 우리나라는 교회나 보수 단체에서 반대하고 난리래. 와, 우리 주변에도 이런 사람들이 있구나. 어! 아까 그 사람들 완전 정상인처럼 생겼던데?"

중학교 때 '야, 이 게이야.'라는 말은 일종의 욕이었다. 그냥 '야, 이 병신아.' 정도? 반 체험 학습 때 가고 싶은 장소 적어 낼 때도 장난으로 '곱등이 소굴', '피시방', '파워 게이빠' 등을 적어 내는 애들이 꼭 몇 명씩 있었다. 어쨌건 중학교 때는 애들에게 '게이'라는 말 자체가 그냥 웃자고 하는 말이었다. 더러는 여성스러운 남자애들을 놀릴 때 쓰는 말이었다. 그런데 성 소수자들이 이렇게 희화화되는 대상이 아니라, 나와 같은 대한민국에 사는 평범한 사람이라니. 갑자기 버스 밖 우리나라가 낯설게 느껴졌다. 게이니 레즈비언이니 하는 사람들이 지금 자기 존재를 대낮에 대한민국 한복판에 드러내고 자신들의 권리를 위해 행진을 하고 있는 것이다.

사람들은 본능적으로 자기와 조금이라도 다른 존재를 보면 금을 그어 놓고 밀어내기 바쁜 존재인 것 같다. 중학교 때도 애들은 여성스러운 남자애, 남성스러운 여자애, 다문화 가정 아이, 이런 애들은 일단 금 밖으로 밀어냈다. 장애가 있거나, 지나치게 소심하거나, 지나치게 나대거나, 많이 말랐거나, 많이 뚱뚱한 아이들, 남들보다 안 씻거나, 잘난 척하거나, 말을 더듬어도 금 밖으로 밀어내고 봤다. 어쩌면 내가 방금 나도 모르게 저들을 '정상인처럼 생겼다.'고 말한 것 자체가 잘못일지도 모른다. 성 소수자, 장애인, 이주 노동자, 난민들. 나도 다른 사람들처럼, 다수가 아닌 이들이 비정상일 거라는 편견에 사로잡혀 있는 건 아닐까? 도대체 정상인, 비정상인을 나누는 기준은 뭘까? 다수자와 소수자를 가르는 기준은 또 뭘까? 생각이 꼬리에 꼬리를 물었다. 지오는 버스가 숭례문을 지날 때까지 버스 뒤의 창문으로 밖을 쳐다보았다. 굳은 얼굴이었다.

"지오야. 우리나라에서 다수가 아닌 소수자로 산다는 건 무슨 의미일까?"

"글쎄………."

즉문즉답의 지오답지 않게 말끝을 흐렸다.

"생각해 보니 나도 소수자인 것 같아. 대한민국에서 뚱뚱한 여자 사람으로 산다는 건 정말 소수자로 사는 거야. 뚱뚱한 사람들을 위한 옷을 안 만들어 주는 사회가 비정상일 수 있는데, 우리처럼 뚱뚱한 애들은 자기 몸이 비정상이라고 생각하는 거지. 웬만한 옷 가게나 인터넷 사이트 옷은 사이즈가 44, 55, 66밖에 없어. 77, 88, 99 사이즈를 사려면 추가 요금을 내야 한다니까. 자기들이 나 짜장면 먹을 때 도와준 것도 없으면서 지나가면 냄새난다고 욕하고 혀를 차고 손가락질하지. 의식주, 이건 인간의 기본 욕구잖아. 뚱뚱한 사람들도 옷은 입고 살아야 하는데 이태원이나 인터넷에서나 옷을 살 수 있어. 너한테 또 비밀

하나 말할 게 있는데, 나 초등학교 5학년 때부터 옷 매장 들어가서 사이즈 맞는 거 있으면 그냥 샀어. 디자인 이런 건 따질 수가 없어서. 아우 짜증 나. 생각해 보니까 열 받네. TV에서는 자꾸 '머슬 퀸'이니 '명품 몸매 연예인'이니, '종잇조각 몸매 연예인'이니 하는 기사들을 쏟아 내면서 자꾸 보통 여자들 기를 죽인다니까. 우리나라는 나이 들어가는 거, 뚱뚱한 거, 못생긴 거 이런 걸 자꾸 죄짓는 것처럼 만들어 가는 것 같아. 지오야, 나도 이참에 '뚱녀 페스티벌' 기획할까? 화끈하게 비키니 입고 나도 서울 시청 한번 뛰어다녀 봐? 내 섹시함에 다 쓰러질걸?"

지오가 슬며시 미소를 지었지만, 시험 보느라 지친 듯 말이 없었다. 그러고 보니 지오가 요즘 부쩍 말수가 없어졌다. 여름이 오니까 더위를 먹어서 그런가 보다. 아빠가 불야성에 안 계실 때, 주방장 삼촌한테 전복 듬뿍 넣고 짬뽕 해 달라고 해서 지오에게 먹여야겠다. 더위와 싸우며 지오 몸보신 계획을 세우는 사이, 버스는 어느새 광마사거리에 도착했다. 내가 됐다는데도 지오는 내게 밥을 사 주겠다고 했다. 갑자기 성근 빗방울이 툭툭 콧등을 쳤다. 삽시간에 사위가 어두워졌다. 빗방울이 굵어졌다. 비를 피하기 위해서라도, 어딘가로 들어가야 했다. 지오는 나를 근처 콩나물불고기 집으로 잡아끌었다. 내가 콩불을 얼마나 좋아하는 줄 아는 지오. 지오는 내 눈빛만 보고도 고기 2인분 추가에 치즈 사리 추가를 해 주었다. 아오, 예쁜 것! 지오와 나는 맛있게 밥을 다 먹었다. 나는 복숭아 맛 음료수까지 남김

없이 들이켰다. 지오에게 엄지손가락을 척 내보였다.

아스팔트에 투닥투닥 떨어지는 빗소리가 음악처럼 듣기 좋았다. 나는 깊은 바닷속에 들어온 것처럼 호젓해졌다. 철판에 우둘투둘 눌어붙은 볶음밥을 긁어 먹는 내게, 지오가 상자 하나를 내밀었다.

"원래 모델 하면 몇 만 원씩 주는 건데, 네가 하도 안 받으려고 해서 선물 하나 샀어. 풀어 봐."

"야, 콩불이면 됐지, 또 무슨 선물이야."

말은 이렇게 하면서도, 나는 잽싸게 포장지를 벗겼다. 두툼한 상자 뚜껑을 열자, 빨간색 리본이 달린 보라색 향수가 나왔다.

"랑방 메리 미 향수야. 미령이랑 고른 거야. 뿌려 봐."

나는 입이 귀에 걸리려는 걸 참았다. 잠깐, 향수 이름이 '메리 미'라고? 나랑 결혼해 달라고? 물론 나야 지오랑 결혼하면 좋지만 이런 식의 프러포즈는 기대 이상이다. 나는 벌떡 일어났다. 손님이 없는 쪽 높은 허공에 향수를 뿌려 놓고선 그 밑으로 쏙 들어가 빙글빙글 돌았다. 달콤한 향기와 내 땀 냄새와 고기 냄새가 섞였지만 충분히 감미로웠다.

"원래 이거 오늘 너한테 고백하면서 주려고 했는데⋯⋯."

"뭐, 고백?"

손목에 향수를 뿌려 킁킁 냄새를 맡다가, 화들짝 놀라 지오를 쳐다보았다. 지오가 컵을 만지작거리며 말했다.

"노을아, 나 학기 초부터 너 좋아했어. 너를 보면 자꾸 웃음이 났거든. 어떤 친구보다 같이 있으면 즐겁고 마음이 편안해지고, 네가 가진 밝은 에너지도 좋았어. 무엇보다 너에겐 너만의 아우라가 있어. 오늘 시험장에서 너에게 한 눈의 여왕 엘사 메이크업은 처음부터 널 보고 영감을 받아서 스케치한 작품이야."

나는 가슴이 터질 것 같았지만, 괜히 어색해서 주절거렸다.

"히히. 원래 뚱뚱한 여자가 긁지 않은 복권이라고 하잖아. 내가 살 빼 봐. 애들 다 내 미모에 쓰러질걸? 역시 넌 보는 눈이 있구나."

"넌 긁지 않은 복권이 아니라, 그냥 복권 같은 애야. 살 안 빼도 충분히 사랑스러워."

난 지금이 꿈인가 생시인가 헷갈렸다. 지오가 향수도 선물해 주었고, 사랑, 분명 사랑스럽다고 했다. 하지만 말을 잇는 지오의 표정이 어두웠다.

"난 그게 사랑인 줄 알았어. 그런데 한 달 전에 말이야. 체육 시간에 네가 나 공 막아 준 날 있지. 너랑 얼떨결에 안게 되었고 입까지 맞추게 되었는데도 전혀 떨리는 느낌이 없는 거야. 그리고 내가 다른 사람을 많이 좋아하고 있다는 걸 알았어. 그날."

나는 멍하니 지오를 쳐다보다 향수를 내려놓았다. 예감이 좋지 않다. 다른 사람을 좋아한다고?

"설마 우리 반?"

지오가 고개를 끄덕였다.

"너 어떻게 이럴 수가 있어? 아니야. 뭐 난 네가 친구여도 좋아. 너 혹시 미령이 좋아해? 그럼 그냥 미령이랑 데이트할 때 눈치 없이 껴서 놀게."

"미령이? 미령이는 그냥 친구지."

"그럼 누구야? 새봄이? 정주?"

지오는 고개를 저으며 나지막이 말했다.

"아니. 이미 여자 친구 있는 애."

순간, 몸이 돌처럼 뻣뻣하게 굳는 것 같았다.

"남자 친구 있는 애가 아니라 여자 친구 있는 애라고? 우리 반에 여자 친구 있는 애? 혹시 시준이?"

지오는 고개를 주억거렸다.

"난 고등학교 올라와서 내 안에 눈 괴물이 살고 있다는 걸 알았어. 난 그 눈 괴물을 보지 않으려고 내 감정을 부정했어. 너하고 친하게 지내면서 나도 이성을 사랑하고 있다고 나 자신을 속였으니까. 그런데 시준이가 공을 막아 주던 그날, 시준이의 뒷모습을 보는데 내 마음에서 그 눈 괴물이 자기를 봐 달라고 울부짖더라. 그제야 난 내 마음을 찬찬히 들여다봤어. 지난 한 달간 나 혼자 지옥을 몇 번이나 다녀왔는지 몰라. 설마 하면서 미친 듯이 여기저기 알아봤지. 근데 말이야. 아무리 생각해 봐도 나, 남자를 사랑하나 봐. 나 이거 아무에게도 말 안 하려고 했어. 노을이 너니까, 너니까 얘기하는 거야."

봉인 해제되어 0.1초 후에 터질 폭탄이 눈앞에 있다면 이런 기분일까. 내가 여기서 크게 놀라면 지오가 더 혼란스러워할 것 같았다. '즉문즉답'의 당당한 지오는 여기에 없었다. 단지 자기 자신을 알아 가는 가련한 청소년 한 명이 있을 뿐. 이젠 내가 즉답을 할 때다.

"야, 뭐가 문제야. 그냥 마음 가는 대로 놔둬. 세상 사는 게 다 자기 맘대로 안 되는 거야. 너 지금도 인문계 고등학교 다니면서 야자 안 하고 미용 학원 다니고 있잖아. 충분히 자기 길 잘 찾아가고 있거든. 세상이 요구하는 대로 우리를 뜯어 고치지 말고, 우리 있는 모습 그대로 살자. 까짓 거 뭐 한 번밖에 안 사는데, 재미나게 살아야지. 지오야, 난 네가 그 뭐냐, 음, 게이건 아니건 그냥 지오여서 좋아. 물론 게이가 아니었음 더 좋았겠지만."

마지막 말은 정말 진심이었다. 그 말을 내뱉을 때는 서운한 마음에 목이 다 뻐근해졌다.

우리는 가게에서 나왔다. 지오가 내 어깨에 왼팔을 둘렀다. 얼마나 기다렸던 스킨십인가. 기쁘기보다는 마음 한구석이 사르르 아려 왔다. 드라마에서 여자 주인공이 온갖 고생 끝에 꿈에 그리던 이상형을 간신히 만났는데, 알고 보니 그 사람이 어릴 때 헤어졌던 친오빠였다는 막장 드라마를 볼 때보다 훨씬 더 안타까웠다. 나는 눈물을 참으며, 지오의 어깨에 팔을 둘렀다.

"왕노을. 역시 넌 나의 형제야."

지오가 오른손 주먹을 나에게 내밀었다. 나도 왼손 주먹을 내밀어 지오의 주먹에 슬며시 갖다 댔다.

"그럼. 난 네 형제지."

어느새 소나기가 그쳐 있었다. 세상은 세수를 한 듯 말갛게 개어 있었고, 도시의 남루한 하늘 위로 무지개가 화사하게 걸려 있었다.

옆을 보니 지오가 눈 안에 무지개를 가득 담고 있었다. 난 잠시 후면 사라질 무지개를 보며, 속으로 짧게 빌었다. 내 남자 꽃남자, 아니 이젠 내 친구 꽃남자가 저 무지개처럼 자기만의 색을 온전히 드러내며 찬란하게 이 세상을 살아가길. 마음속의 눈 괴물과 잘 화해하길. 이 세상의 괴물들과도 잘 싸워서 이겨내길.

나는 지오의 옆얼굴을 오래오래 쳐다보았다. 비거스렁이를 하느라고 그런지, 선선한 바람이 불어왔다. 바람에 실려 온 풀 향기가 싱그러웠다.

광마사거리 도시락 폭탄 사건

찬미는 누군가 뒤에서 힐끗힐끗 자기를 쳐다보는 것 같아, 뒤통수가 따끔거렸다. 몇 번이나 뒤돌아보았지만, 찬미 눈에 들어온 것은 무표정한 얼굴로 종종걸음을 치고 있는 사람들뿐이었다.

　광마사거리역이 가까워지자, 사람들은 절벽을 향해 질주하는 아프리카의 스피링벅 무리처럼 뛰기 시작했다. 찬미의 발걸음도 덩달아 빨라졌다.

　오늘은 고등학교에 올라와 처음 맞는 체험 학습 날이다. 9시 30분까지 롯데월드에 도착하면 된다. 찬미는 오늘도 새벽 4시에 일어나 공부를 하고 오긴 했지만, 놀이동산에 갈 생각을 하니 헬륨 풍선처럼 몸이 떠오르는 것 같았다.

　이제 오십 미터 더 가서, 코너만 돌면 된다. 노는 데는 천부

적인 소질을 지닌 친구들이 기다리고 있을 터였다. 찬미는 편의점 앞에서 발걸음을 멈추고, 유리문에 자기 모습을 비추어 보았다. 나풀거리는 긴 생머리, 흰 티셔츠에 하늘색으로 워싱 처리한 청바지를 입은 모습이 산뜻해 보였다. 흰 스니커즈도 옷차림에 잘 어울리는 것 같아 만족스러웠다. 찬미는 엄마 몰래 챙긴 빨간색 틴트를 꺼내 유리문을 거울 삼아 입술에 발랐다. 찬미는 시간을 보려고 손목에 찬 헬리 클락(Heli-Clock)을 힐끔 보다가 얼굴이 굳어졌다.

헬리 클락은 올해 초 한 대기업 통신 제조업체에서 나온 신제품이다. 동그란 핑크색 테두리에 큐빅이 잔뜩 박혀 있다. 얼핏 보면 백화점 액세서리 가게에서 파는 시계 같다. 하지만 이 시계는 맞벌이 부모의 어린 자녀를 위해 만들어진 시계다. 착용자가 빨간 버튼 하나만 누르면 바로 '위급 상황'이 부모에게 전송되는 '자녀 지킴 시계'로도 알려져 있다. 위치 추적 기능이 있어서 부모들은 자녀들의 위치를 실시간으로 알 수 있다. 미리 지정된 열 개의 번호로만 전화를 할 수 있고, 문자를 보낼 수 있다. 게임 기능, 인터넷 기능은 아예 없다. 반 아이들은 TV에 나오는 시계 광고를 보고 '이젠 애들이 전자 발찌가 아닌 전자 팔찌를 찬다.'면서 킥킥거렸다.

찬미는 나이 열일곱에 이 시계를 차고 있다는 것 하나만으로도 충분히 수치스러웠다. 초등학생이 하기스 매직 팬티를 입은 느낌이랄까. 헬리 클락에 비밀번호를 설정할 수는 있다. 하지만 찬미 엄마는 친구들에게 '전직 CSI 요원'이라는 별명으로 불릴 만큼, 비밀번호를 잘 푼다. 친구들은 "너희 엄마가 2차 세계 대전 때 태어났더라면, 전쟁 영웅이 됐을 텐데."라고 말하곤 했다. 찬미가 컴퓨터에 깔아 놓은 카톡, 페이스북, 인터넷 채팅 프로그램으로 친구들과 나눈 대화를 찬미 엄마는 훤히 꿰고 있었다.

찬미는 티셔츠를 올리고 손목부터 팔뚝까지 손으로 쓸어 보았다. 수많은 가는 선들이 우둘투둘 요철을 이루고 있었다. 작년부터 찬미는 마음이 답답할 때마다 커터 칼로 손목을 쓱 그었다. 살을 뚫고 설핏 나오는 피를 보면 마음이 안정되었다. 헬리클락 끈을 손바닥 쪽으로 밀자, 유독 굵고 깊게 팬 자국이 만져졌다. 찬미는 두 달 전 일이 생각났다.

3월 중순, 별관 음악실에서 음악 수업이 끝났다. 다른 아이들은 모두 다음 수업이 있는 영어 회화실로 향했다. 정주가 교실에 핸드폰을 두고 왔다며 찬미에게 함께 교실에 가자고 했다. 본관 화단 옆을 지날 때였다. 목련 나무가 입을 앙다문 꽃봉오리를 가득 달고 있었다. 찬미는 목련을 보고, 잠시 발걸음을 멈추었다. 초등학교 5, 6학년 무렵 가슴이 커질 때 멍울이 져서 무언가가 스치기만 해도 아팠던 것처럼, 목련 나무도 꽃봉오리를 피우기 위해 쓰리게 아팠을 것 같았다. 뿌리에서 줄기까지 아픔을 옴씰옴씰 밀어 올려서 꽃을 피워 냈을 것 같았다.

'내가 여기서 저 목련 나무를 보면 안 되는데. 과학고에서 이 꽃을 봐야 했는데.'

찬미는 중학교 시절을 과학고에 가기 위해 참아 냈다. 과학고에 가면 기숙사에 들어가 엄마와 떨어져 지낼 수 있으니까.

하지만 엄마는 찬미가 매년 캠프를 갔던 경기도 외곽의 과학고가 아닌, 서울에서 제일 유명한 과학고에 원서를 냈다. 결과는 불합격이었다. 중학교 다니는 내내 저 나무만큼 애를 쓴 것 같은데, 결국 지금은 가장 작은 봉오리만 한 꽃도 못 피우고 광마고에 다니는 것 같았다. 광마고에서 보낼 3년을 또 엄마 밑에서 시달려야 한다니 한숨이 나왔다. 고등학교 3년 중 이제 겨우 보름이 지났을 뿐이었다. 그나마 위안이 되는 것은 남자 친구 건희와 친구들의 존재였다.

정주는 맥없는 찬미를 끌고 매점으로 갔다. 소시지 빵을 한입 물자, 진한 MSG의 향기가 찬미의 마음을 풀어 주었다. 하지만 교실로 올라가는 3층 계단에서 찬미는 뭔가 불길함을 느꼈다. 오래된 동굴 안에서 한 걸음만 더 내디디면 백만 마리의 박쥐 떼가 쏟아져 나올 것 같은 느낌이랄까. 아니나 다를까, 계단을 올라오자마자, 찬미는 교실 문 앞에 서 있는 엄마를 보았다. 누군가 찬미의 허파를 양손으로 움켜쥔 듯, 찬미는 숨이 멎는 것 같았다. 엄마의 얼굴은 땀으로 번질거렸다. 엄마는 번뜩이는 눈빛으로 찬미를 노려보았다. 정주는 어쩔 줄 몰라 하다가 교실로 후다닥 들어갔다.

"어, 엄마. 학교엔 왜?"

교실 문이 열려 있었다. 초등학교 때부터 엄마는 한 번씩 학교에 나타나 찬미 가방이나 사물함을 뒤지곤 했다. 그럴 때마다 찬미는 매번 겪는 일이지만 당혹감에 치를 떨었다. 올해는 처음 있는 일이었다. 복도에서 애들이 지나가며 찬미와 엄마를 힐끔거리며 쳐다봤다. 찬미는 얼굴이 홧홧 달아올랐다.

찬미는 엄마를 뒤로하고, 떨리는 걸음으로 교실 안으로 들어갔다. 찬미 책상 서랍 안이 다 비워져 있었다. 찬미가 자물쇠로 잘 잠가 놓았던 사물함 문도 활짝 열려 있었다. 엄마가 찬미 뒤를 따라 교실로 들어왔다. 엄마가 쇼핑백에서 깡똥하게 줄여진 교복 치마를 끄집어냈다.

"이게 뭐야?"

"어, 그거 수아 거."

"내가 수아한테 방금 전화해서 물어봤다. 자긴 그런 치마 없다고 하더라. 그리고 이건 또 뭐야?"

"……."

"이것도 수아 거야?"

엄마가 교복 치마를 왼쪽 팔뚝에 걸쳐 놓고, 화장품 파우치를 찬미 얼굴 앞에 들이밀며 흔들었다. 찬미는 엄마가 학교 끝나면 바로 데리러 오기 때문에, 화장품 살 시간이 없었다. 그건 찬미가 수아한테 부탁해서 산 화장품이었다. 치마도 수아에게 부탁해서 줄이고 사물함에 넣어 둔 것이었다.

찬미는 중학교 때부터 내킬 때마다 학교에서 짧은 치마도 입고 화장도 진하게 했다. 물론 집에 갈 때는 완벽하게 지우고 갔다. 노는 애들하고 어울리기도 했다. 광마고에도 공고 떨어지고 온 애들이 있었는데, 그 아이들하고도 친해지고 있었다. 엄마는 찬미가 징그러운 벌레라도 되는 양, 찬미를 노려보았다.

"이게 발랑 까져서, 누굴 후리려고. 걸레 같은 년. 많이 처먹고 살이나 찐 주제에. 그 빵이 목구멍으로 넘어가? 오늘부터 핸드폰 압수야."

엄마는 찬미의 손에 들려 있는 핸드폰을 낚아채서 계단 아래로 휙 내려가 버렸다.

그날 밤, 찬미는 잠자는 척하다가 새벽 2시에 일어났다. 커터 칼을 필통에서 꺼냈다. 오른손에 힘을 잔뜩 주고, 왼쪽 손목에 칼날을 깊게 넣었다. 푸른 정맥이 지나고 있는 이곳을 그으면 그대로 죽을 수도 있을 것 같았다.

피가 다른 때는 스르륵 새어 나왔다면 이번에는 왈칵 쏟아져 나왔다. 하지만 손이 떨려서 더 이상 그을 수가 없었다. 찬미는 화장지로 상처를 누르며 거실로 나왔다. 찬미는 부엌 서랍을 뒤져 온갖 약 봉지들을 꺼냈다. 찬미는 그것들을 가지고 방으로 들어왔다. 작은 비닐 봉투를 일일이 뜯으니 알약이 사십 알 정도 나왔다. 물컵에 물을 가득 따라 한 움큼씩 약을 집어 들어 몇 번에 걸쳐 삼켰다. 점점 정신이 몽롱해졌다. 서서히 잠이 쏟아졌다.

찬미가 어렴풋한 소리에 눈을 뜬 곳은 병원 침대 위였다. 왼팔에는 바늘이 꽂혀 있었고, 링거가 똑, 똑 떨어지고 있었다. 찬미는 힘겹게 눈꺼풀을 올려 보았다. 아빠가 엄마에게 이야기하는 모습이 눈에 들어왔다.

"그러게. 왜 당신이 찬미를 그렇게 잡아, 잡기를. 놔둬도 잘하는 애를."

"뭐? 지금 찬미가 이런 짓을 한 게 나 때문이라고? 내가 찬미한테 신경 쓰는 동안 당신은 뭐 했어?"

엄마는 작은 생수 한 병을 벌컥벌컥 들이켜더니 아빠에게 쏘아붙였다.

"애초에 내가 당신을 안 만났으면 이렇게 살지 않았다고, 내가."

엄마는 의자를 박차고 일어나 병실 밖으로 나가 버렸다. 찬미는 위세척을 받고 집으로 돌아왔다. 엄마는 기운을 차린 찬미에게 반짝이는 포장지로 싸인 작은 상자를 내밀었다.

"엄마가 아무리 생각해도 네가 이러는 게 다 그놈의 핸드폰 때문인 것 같다. 핸드폰이 있으니 맘이 자꾸 싱숭생숭해지지. 네가 뭐 아쉬운 게 있다고, 이놈, 저놈들하고 사귄다고 하는지 원. 네가 지금 그럴 때가 아닌 거 알지? 조금만 더 참으면 되는 거 알잖아. 자, 이거 선물이야. 전화할 일 있으면 이걸로 해."

그때 받은 선물이 바로 헬리 클락이다. 그걸 보자 기진맥진해서 시들해졌던 자살 충동이 다시 용솟음쳤다. 엄마가 볼일을 보러 현관문을 열고 밖으로 나가자 찬미는 벽에 머리를 쿵쿵 찧었다. 저 가슴 깊은 곳에서부터 울음이 터져 나오는 것을 크게 숨을 들이켜며 애써 눌렀다. 양손으로 목을 꽉 졸라 보았다. 숨이 막혀 오고 머릿속이 하얗게 변할 때쯤 손을 놓았다.

'이게 뭐하는 짓이지?'

뺑. 큰비에 댐이 와르르 무너지듯, 차올랐던 눈물이 그제야 터져 나왔다. 찬미는 한참을 울었다. 자신의 존재 일부가 눈물로 빠져나왔다고 느낄 때까지. 그리고 가방에서 아무 공책이나 펼쳐 글을 써 내려갔다.

몇 번이나 죽으려고 했다. 하지만 그것도 쉽지 않다. 가출하려고 쉼터도 알아보았지만, 그것도 부모 동의가 있어야 한다고 했다. 그게 무슨 가출인가. 우리나라는 왜!! 청소년들이 깃들어 쉴 수 있는 곳이 없는가!!! 개짜증 난다.

그년에게서 벗어나려 하면 할수록 더욱 깊은 칼날이 파고들어 나를 헤집는 것 같다.

동화 속 헨젤과 그레텔은 행복한 것 같다. 걔네는 어리지만 결국 마녀를 끓는 기름에 넣어서 튀기는 데 성공했으니까.

헨젤과 그레텔은 엄마한테 쫓겨나 마녀에게 잡아먹힐 뻔했지만, 난 마녀에게 먹히지 않기 위해 내 발로 집을 나갈 거다.

3년만 참자. 그리고 탈출하자! 그냥 공부를 더 열심히 해 주자! 이왕이면 여기서 가장 멀리 있는 의대에 갈 것이다. 아니면 미국으로 유학을 확 가 버리겠다. 마녀가 못 따라오게.

자기 엄마 아빠가 자기를 들들 볶고 구속하는 게 싫어서 대학 졸업하자마자 도피성으로 아빠와 결혼했다고 했는데. 왜! 왜 나한테 이럴까?

왜 마녀는 자기가 낳은 딸을 쳐다볼 때 눈에서 죽음의 레이저가 나올까?

그래서 난 절대 결혼 안 할 거다. 내가 나중에 혹시 딸을 낳는다면 너무 끔찍할 것 같다.

지금은 이를 악물고 공부를 하자. 탈출할 때까지, 그때까지만 비굴하지만 참자.

찬미는 그 일이 있고부터 학교에서 급식을 잘 먹지 않았다. 찬미 기억에 찬미 엄마는 늘 다이어트와 폭식을 반복했다. 어느 날은 미숫가루 같은 가루만 며칠씩 먹다가, 어느 날은 슈퍼마켓 딱 4분의 1을 채울 정도의 음식을 위장이 터져라 먹어 댔다. 엄마가 양푼에다 밥을 넣고 반찬을 비벼 허겁지겁 먹는 걸 보고 있자면, 배를 채우는 게 아니라 꺼지지 않는 허기를 채우는 사람이라는 생각이 들어 잠깐 불쌍해 보이기도 했다.

그럴수록 찬미는 엄마처럼 뚱뚱해질까 봐 밥을 먹지 않거나, 먹더라도 조금 먹었다. 급식 시간에 식성 좋게 밥을 먹는 친구들을 보면 혐오감이 들기도 했다.

대신 찬미는 남자애들에게 눈웃음치며 다가갔다. 중학교 때 찬미는 전교에서 단 두 명이 다니는 교육청 과학 영재 교실에 들어가 수재 소리를 들었다. 수업 시간에는 똑 부러지는 논리적인 말솜씨로 수업을 이끌었다. 덕분에 선생님들과 친구들에게 인기가 많았다. 어릴 때부터 엄마가 '몸매도 가꿔야 한다.'며 6년간 배우게 한 발레의 영향인지, 찬미는 늘씬한 몸매를 유지했다. 중3 때는 소풍 갔다가 연예인 기획사 명함을 세 장이나 받아 오기도 했다.

이런 찬미가 "뭐 해?" 하고 남자애들에게 다가가면 남자애들은 몸 둘 바를 몰랐다. 중학교 때는 자기 반, 옆 반, 복도에서 만난 애 할 것 없이 이 남자, 저 남자를 사귀게 되었다. 남자애가 찬미에게 아련한 눈길만 주어도 찬미가 먼저 다가갔기 때문이었다. 찬미의 이런 행보를 보다 못 한 정주가 조언을 하기도 했다.

"찬미야, 넌 진짜 모든 면에서 완벽한데, 남자 보는 눈은 좀 쓰레기다."

그건 찬미도 인정하는 바였다. '학교에서 만나는 게 다'인 사귀는 사이이긴 했지만, 중학교 때 찬미랑 잠깐이라도 사귄 남자애들 중 주요 인물들을 꼽아 보자면 이렇다.

'가을바람' 동민이. 중학교 내내 1학기는 잘 버티다가 가을만 되면 가출을 해서 별명이 '가을바람'이었다. 얘는 현재 노을이네 중국집에서 배달한다는 소문이 있다.

'목숨을 건 흡연 쌍둥이' 민호, 민수 형제. 쌍둥이인데 둘 다 천식 환자면서 점심시간에 체육관 뒤에서 같이 담배를 피우다가 숨이 넘어가 죽을 뻔했다. 옆에 있던 친구가 보건실로 업고 와서, 선도 위원회에 그대로 넘겨진 형제다. (동생이랑 먼저 사귀고, 형은 일주일 후에 사귀었다.)

'힙합 보이' MC 환규. 공부는 아예 신경 쓰지 않고, 힙합으로 성공하겠다면서 교복을 힙합 스타일로 고쳐 입고 다녔던 애다. 목에는 개 목걸이 같은 쇠줄을 주렁주렁 매달고 건들거리며 '턴 업!(turn up)', '스웨그!(swag)'를 외치고 다녔다. 교장 선생님과 학생 주임 선생님이 눈을 찌푸리며 교복을 지적하자, "왓 더 퍽?" 하다가 학생부로 끌려간 적도 있다. 자신을 억압하는 학교 측에 대한 반항의 의미로 반삭을 했다. '안녕하세요?'라고 인사하며 고개를 숙이면 가운뎃손가락이 올라간 욕 모양이 드러나게 머리를 잘랐다.

'전자 발찌' 호영이. 중1 때 한 여자애를 성추행하려다가 끌려간 전적이 있는 애다. 그 여자애가 막노동하는 아빠랑 여관에서 살았는데, 여자애한테 여관방 문 열어 달라고 행패 부리다가 경찰서에 끌려갔다.

'대가리 핑핑' 성주. 자기만의 논리를 선생님들이 폭발할 때까지 주절거리며 늘어놓는 사나이. 10초 만에 선생님들을 열 받게 할 수 있는 애다.

'급식 미식회 회원' 저팔계 민식. 1교시부터 종례 때까지 자는

데 오로지 급식 시간에만 깨어나는 애다. 지구의 음식물 쓰레기를 줄여 준다는 평을 받았던 애다.

신기한 것은 찬미 엄마가 그 남자애들과 찬미가 사귄다는 사실을 단 이틀도 안 되어 알아낸다는 점이었다. 사귄 지 딱 이틀 지나면, 찬미 엄마는 남자애들에게 전화를 걸었다.

"너 좋은 말할 때 우리 딸이랑 헤어져."

찬미 엄마가 낮게 목소리를 깔고 이렇게 말하면 남자애들은 바로 꽁무니를 뺐다. 그 전화를 받은 남자애들의 증언에 따르면 찬미 엄마의 목소리만으로도 헬 게이트가 열리는 체험을 했다고 했다. 전 남자 친구들 중 그나마 제일 유식했던 '대가리 핑핑'은 찬미 엄마에게서 지옥의 신 하데스의 카리스마를 느꼈다고 나불거리며 다시는 찬미를 쳐다보지도 않았다.

고등학교에 올라와서 찬미는 같은 반 건희와 사귀게 되었다. 건희는 입학식 날부터 찬미 주위를 맴돌았다. 그런 건희를 보고, 찬미가 먼저 건희에게 사귀자고 했다. 둘이 사귀기로 한 지 이틀 만에, 여지없이 찬미 엄마는 건희에게 전화로 경고했다. 하지만 건희는 중학교 때의 그 겁쟁이 아이들과는 달리, 물러서지 않았다. 찬미 엄마가 한 번 더 전화로 경고했지만, 건희는 장애물 뛰어넘기 계주 선수처럼 아랑곳하지 않고 찬미 곁을 지켰다. 건희는 찬미 엄마에게는 찬미와 헤어지겠다고 하고, 모든 연락을 정주 핸드폰으로 했다.

하지만 꼬리가 길면 밟히는 법. 체험 학습 2주 전, 둘의 연애는 찬미 엄마에게 딱 걸리고 말았다. 중간고사를 다 치른 목요일이었다. 원래 중학교 때부터 엄마는 시험이 끝나는 날 딱 하루는 원 없이 놀게 해 주었다. 게다가 고등학교 첫 중간고사에서 찬미는 전 과목 만점을 받았다. 기분이 좋아진 엄마는 찬미와 단짝인 정주와 수아를 초대해서 옥상에 텐트를 치고 삼겹살 파티를 열어 주었다. 정주가 상추쌈을 볼이 미어지게 욱여넣으며 말했다.

"야, 너희 엄마는 좋을 땐 진짜 짱이다."

"치. 그럼 엄마 바꾸든지."

정주가 눈을 둥그렇게 뜨고, 손을 내저었다.

"무슨 그런 무시무시한 말을 쉽게 하나?"

"난 한 학기에 딱 이틀 이렇게 놀잖아. 시험 마지막 날 하루. 그리고 내일부턴 다시 새벽 4시에 일어나야 돼. 이렇게 노는 날이라도 없으면 나 아마 미쳐 버릴걸? 그래도 어떡해. 놀 수 있을 때 미친 듯이 놀아야지."

수아는 그런 찬미가 가엾다는 듯 혀를 찼다.

"쯧쯧. 전교 1등 부러워할 게 아니네."

"내가 공부하는 목표는 딱 하나라니까. 탈출! 야, 시간 없다. 그러지 말고, 아까 하던 얘기해 봐."

찬미는 아이들과 한참을 막장 드라마 얘기, 반 애들 얘기, 선생님들 뒷말을 하면서 깔깔 웃었다. 스트레스가 확 날아가는 것 같았다. 찬미 엄마가 쟁반에 무언가를 들고 올라왔다.

"얘들아, 아줌마가 직접 만든 요구르트랑 블루베리 잼이야. 요구르트에 잼 넣어서 한번 먹어 봐."

"감사합니다."

신난 세 아이들은 수다를 떨며 오후 시간을 보냈다. 찬미는 애들과 아이스크림 내기 사다리 타기를 했다. 수아가 걸려서 슈퍼에 가려고 계단으로 내려갔다. 정주가 계단을 한번 힐끔 보더니 찬미를 낮은 목소리로 불렀다.

"찬미야, 건희 전화."

"응."

찬미가 정주 전화를 건네받았다. 아까 옷 갈아입을 때, 찬미가 정주 핸드폰으로 나시 원피스를 입고 가슴골이 살짝 보이게 사진을 찍었다. 그 사진을 건희에게 보냈던 터였다. 찬미는 마치 건희가 바로 앞에 있는 듯 콧소리를 냈다.

"아까 사진 보낸 거 봤어?"

"응. 진짜 너무 예쁘더라. 난 천사가 내려온 줄 알았어. 근데 나 너 지금 보인다. 손 흔들어 봐."

얼마 전 찬미네 집에서 열다섯 집 건너쯤으로 건희가 이사 왔다고 했다. 저 멀리 빌라의 옥상에서 빨간색 점 하나가 손을 흔들었다. 찬미도 손을 흔들었다. 건희가 수화기 너머로 물었다.

"지금 뭐 해?"

찬미는 연애를 하면 좋은 점이 늘 자신이 누군가의 중심이 된

듯한 느낌, 자신이 세상의 주인공이 된 것 같은 느낌을 받는 거라고 생각했다. 달콤한 기분이 들었다.

"응. 정주랑 수아랑 놀러 와서 간만에 자유야. 넌 뭐 해?"

"좀 이따가 애들이랑 노래방 가려고."

순간, 어디선가 서늘한 바람 한 줄기가 훅 불어왔다. 먹이를 덮치는 치타처럼 찬미 엄마가 갑자기 나타나, 찬미 손에 든 핸드폰을 낚아챘다.

"야, 너 누구야. 어떤 새끼야! 너 거기 안 내려가?"

찬미 엄마가 건희가 서 있는 건물 쪽을 가리켰다. 빨간 점이 아래로 순식간에 사라졌다. 찬미 엄마는 전화기에 대고 소리를 질렀다.

"좋은 말 할 때 꺼져라. 한 번만 더 내 눈앞에 띄면 넌 죽는다."

찬미가 뒤돌아보니, 정주 옆에서 수아가 까만 비닐봉지를 들고 안절부절못하고 서 있었다. 수아는 입에 쭈쭈바를 물고, 얼어붙은 듯 찬미와 엄마를 번갈아 쳐다보았다. 찬미 엄마는 정주 핸드폰을 놀라운 속도로 뒤져 보기 시작했다.

"아이구, 요 요망한 것들이 나를 감쪽같이 속였구만. 카톡에 전화에……. 아주 난리 났네."

찬미 엄마가 고개를 휙 돌려 정주와 수아를 노려보았다.

"너희 둘. 이제 집에 가지?"

순식간에 분위기가 아이스링크장보다 싸늘해졌다. 정주가

"안…녕…히…계…세…요."라고 간신히 말을 내뱉고 찬미 엄마에게 핸드폰을 받았다. 정주와 수아는 가방을 챙겨 후다닥 계단 쪽으로 갔다. 정주가 눈짓으로 찬미에게 '괜찮아?'라고 물었다. 찬미는 '올 것이 왔다.'는 체념의 눈빛을 보냈다. 친구들이 떠나자, 엄마는 찬미의 팔을 거칠게 잡아끌고 5층 집으로 내려왔다. 화장실 문 앞에 꿇어앉으라고 했다.

"너 정말 거짓말이 수준급이다? 이젠 정주까지 합세해서 이 엄마를 속여?"

엄마는 거의 이성을 잃은 듯 보였다.

"너 저런 놈 만나다가 이 광마동 빌라 바닥을 못 벗어난다고! 넌 이렇게 사는 게 좋아? 이 바닥에서 이렇게 벌레처럼 구질구질하게 사는 게 좋냐고! 엄만 네가 전국 1등 해도 절대 서울대 안 보낼 거야. 왜? 서울대에는 지역 균형 선발로 오만 잡것들이 오니까! 그렇게 개천에서 용 난 애들 만나서 지질하게 살면 어쩌려고! 그런데 넌! 개천에서 난 용이 아니라 실지렁이도 못 되는 것하고 붙어먹으려고 하니. 이거 원 동네 창피해서! 죽어라, 죽어!"

엄마는 찬미 왼쪽 어깨를 발로 찼다. 찬미가 옆으로 나동그라졌다. 엄마가 찬미 머리를 밟았다. 입술이 터졌다. 짭짤한 피가 입안으로 흘러들었다. 찬미는 울지 않으려고 어금니를 꽉 깨물었다. 엄마는 청소기로 찬미 등을 내려쳤다. 묵직한 고통이 온몸에 퍼졌다. 사정없는 발길질이 계속되었다. 찬미는 속으로 외쳤다.

'방어만이 최선의 공격.'

찬미는 바로 딴생각을 진지하게 했다. 찬미는 정주가 좀 전에 말해 주었던 드라마에서 기억 상실증에 걸린 여자 주인공이 재벌 남자 주인공과 해피엔딩으로 끝날 수 있을까를 생각했다. 애국가도 불렀다. 그렇게 견뎠다.

엄마에게 혼쭐이 난 다음 날, 찬미는 건희를 보자 더욱더 애잔해졌다. 꼭 집안의 반대로 독을 먹고 죽었던 로미오와 줄리엣이 자기들인 것 같았다. 하지만 엄마가 어디선가 보고 있을 것 같아서 건희에게 말을 붙일 수가 없었다. 1교시 종이 울렸다. 찬미는 짝 근복의 핸드폰을 빌려 건희에게 재빨리 카톡을 보냈다.

'ㄱㅅㅅ'

1교시는 체육 시간이었다. 체육부장이 이론 수업을 한다며 교실에 있으라고 했다. 체육 선생님은 곧 정년을 앞둔 남자 선생님이었는데 여자애들이 애교를 부리면 손녀를 보는 것처럼 흐뭇해했다. 찬미는 교실 앞문 입구에서 선생님을 기다렸다가 선생님에게 애교를 부렸다.

"선생님, 저 아침부터 배가 아파서용. 오늘이 그 날인가 봐용. 보건실 좀 다녀올게용."

선생님은 고개를 끄덕이며 허락해 주었다. 찬미가 교실을 통과해 뒷문으로 나가려는데 건희가 벌떡 일어났다.

"선생님, 제가 장염이어서 지금 대장 운동이 활발해요. 급똥 뻘이에요. 아…말…이…안…나…와……요……."

건희가 혼신의 힘을 다해 연기하는 모습을 보자, 찬미는 웃음이 픽 나왔다. 선생님은 냄새라도 나는 듯 얼굴을 찌푸리며 손을 내저었다.

"야. 똥 싸는 게 벼슬이냐? 얼른 나가 봐."

찬미는 곧장 1층 가사실로 내려갔다. 1층 서쪽에는 가사실, 학생 탈의실, 학교 운동부만 방과 후에 쓰는 체력 단련실이 있다. 그중 가사실은 건물 서쪽 끝에 있고 복도가 어두워서 한낮에도 사람들 눈에 띄지 않는 장소다. 찬미는 가사실 청소 담당이라 열쇠를 가지고 있었다. 건희와 가끔 함께 시간을 보내는 장소다.

찬미는 가사실로 들어갔다. 바닥에서 올라온 냉기 때문에 몸이 부르르 떨렸다. 찬미는 동그란 의자에 앉았다. 잠시 후, 건희가 들어왔다. 건희는 찬미가 앉아 있는 곳으로 가서 찬미의 머리를 쓰다듬으며 걱정스레 물었다.

"너 어제 괜찮았어?"

"너도 완전 놀랐지? 우리 엄마 원래 그렇잖아. 앞으로는 교실에서도 조심해야겠어. 엄마가 언제 교실로 들이닥칠지 모르니까."

찬미가 건희의 배를 두 손으로 감싸고 얼굴을 묻었다. 1, 2분을 안고 있었을까. 시계 째깍거리는 소리만 가사실 가득 들렸다. 찬미가 의자에서 일어났다. 찬미가 고개를 들고 건희에게 입을 맞추었다. 건희가 찬미의 등을 감쌌다. 찬미는 모든 걱정이 사라지는 것 같았다. 건희와 함께 있는 순간에는 걱정이 매미의 헌 허물처럼 떨어져 나가고, 벅찬 감정만 찬미의 온 마음을 꽉 채웠다.

찬미는 입술을 떼고 건희의 가슴팍에 폭 안겼다. 건희의 품이 포근했다. 찬미가 건희에게서 몸을 뗐다. 찬미는 건희의 오른손을 들어 자기 가슴 위로 가져갔다. 건희가 당황한 표정으로 손을 황급히 내리려고 했지만, 찬미가 건희의 손목을 꽉 잡았다.

"건희야. 그냥 우리 한 번 할까? 그냥 나, 네 거 할까?"

"왜, 왜 그래?"

"너, 내가 어릴 때부터 만들어진 애라는 거 알지? 엄마 프로그램대로. 지금도 새벽부터 잘 때까지 그냥 엄마가 조종하는 기계 같아. 나 그냥 다 망치고 싶어. 그럼 엄마가 날 놔주지 않을까?"

건희의 콧구멍에서 뜨거운 김이 뿜어져 나왔다. 목소리가 떨렸다.

"찬, 찬미야, 지금은 아닌 것 같아. 나도 그러고 싶지만, 뭔가 이건 아닌 것 같아."

건희는 안절부절못하다가, 찬미를 자기 몸에서 밀어냈다.

"조금 더 있으면 나 못 참아. 나 먼저 올라갈게. 넌 천천히

와."

건희는 더운 숨을 내쉬며 가사실 밖으로 나갔다. 찬미는 잠시 더 오도카니 가사실에 서 있다가 보건실에 들렀다. 아프지도 않은 배가 아프다고 말했는데, 정말 배가 아픈 것도 같았다. 보건 선생님께 약을 타 삼키고 교실로 돌아왔다. 그러고는 둘은 아무 일도 없었다는 듯이 다시 교실 내 연애를 했다. 예전엔 찬미가 건희 무릎 위에 앉거나, 애들이 안 보는 것 같을 때만 입맞춤을 했다면, 이제 둘은 더 과감하게 스킨십을 했다. 둘이 한 의자에 앉아 끌어안고 있거나, 시도 때도 없이 교실 뒤에서 입맞춤을 해서 반 아이들의 원성을 샀다.

그리고 체험 학습 날인 오늘 새벽, 찬미는 어김없이 4시에 일어났다. 영어 단어장을 펴서 단어를 외우고, 엄마가 골라 준 최고 난도의 수학 문제집을 풀었다. 세 시간을 꼬박 책상 앞에 앉아 있었다. '기하와 벡터' 수학 문제집을 풀고 있을 때, 엄마가 찬미를 불렀다.

"먹고 해라."

엄마가 김밥 접시를 식탁에 올려 주었다. 찬미는 딱딱한 돌덩이 씹듯 김밥을 삼켰다. 그런 딸을 본 듯 만 듯, 엄마는 신바람 나는 목소리로 말했다.

"이건 네 거고, 이건 담임 거야. 담임한테 잘 보여야 생기부 잘 써 주지."

엄마가 도시락을 가리켰다. 계란말이 김밥과 청포도, 키위, 방울토마토, 참외가 예쁘게 썰어져 삼단 찬합에 담겨 있었다. 찬미가 김밥을 먹는 사이, 엄마가 유부초밥 속을 채워서 빈 통에 가지런히 담았다. 공부를 마치고 현관을 나서려고 하자, 엄마가 오만 원짜리 한 장을 찬미 손에 쥐어 주었다.

"딸, 이거 용돈으로 쓰고, 오늘은 스트레스 확 풀고 와. 그래야 또 기말고사까지 열심히 달리지."

"네."

찬미는 굳은 얼굴로 오만 원을 받아 지갑에 넣었다. 고개를 숙여 신발을 신으면서, 있는 대로 이맛살을 찌푸렸다. 큰 길가로 나와서야, 갑옷을 벗은 것처럼 마음이 홀가분해졌다.

저만큼에 친구들이 보였다. 롯데리아 앞에 정주, 수아, 시우, 인욱이 왁자하게 떠들고 있었다. 건희가 찬미를 향해 달려왔다. 건희는 흰색 스냅백을 썼다. 황금색 도깨비 문양이 그려진 검은색 박스 티, 검은색 7부 배기팬츠를 입어 세련되어 보였다. 옆에서 인욱이가 '컴퓨터용 사인펜 패션'이라고 놀려 대고 있었다.

"왔어?"

건희는 작고 처진 눈이 보이지 않을 정도로 환하게 웃었다. 찬미의 손에 든 도시락 가방을 다정스레 두 개 다 자기 손으로 옮겼다. 건희의 얼굴에 '내 여자에게 무거운 짐은 허락하지 않는다.'는 자부심 어린 의젓함이 비쳤다. 찬미는 그런 건희가 고마웠다. 자연스레 둘은 나란히 걸었다. 그 뒤로 친구들이 개찰구로 들어왔다. 찬미가 뾰로통하게 눈을 치켜뜨고 입을 내밀며 건희에게 말했다.

"내 김밥 싸 왔어?"

셀카 찍을 때처럼 상당히 계산된 표정이었는데도 건희는 좋아서 어쩔 줄 몰라 하는 것 같았다. 어제 건희는 반 애들에게 자기가 찬미를 위해 김밥을 쌀 거라고 큰소리쳤다. 남자애들이 "쯧쯧, 찬미에게 올인한 놈."이라며 혀를 찼지만, 건희는 "난 찬미한테 친히 간택당했잖아. 으하하하." 하며 우쭐댔다.

"그럼. 내가 어제 광마 시장 가서 제일 싱싱한 재료들 사서 새벽에 일어나 쌌지. 참치 김밥, 치즈 김밥, 불닭 김밥, 스팸 김밥도 싸 왔어. 기대해. 울 엄마가 맛있대. 그리고 아들 키워 봤자 아무 소용없대. 여친만 챙긴다고."

"어? 나 매운 거 못 먹는데?"

"걱정 마. 아주 맵게 한 건 아니니까 괜찮을 거야. 울 엄마가 불닭 김밥은 진짜 특허받아야 한대. 레퍼시를 공개하래."

"크크크. 바보야. 레시피겠지."

"히히. 그런가? 암튼 너 나한테 시집와라. 그럼 내가 맨날 맨날 맛있는 거 해 주고 살림도 내가 다 할게. 네가 나중에 돈 벌어다 주면 되잖아."

건희는 오른손에 든 커다란 쇼핑백을 들고 흔들었다. '나한테 시집와.'라는 말이 찬미 가슴 한편에서 찌르르 울렸다.

입을 쉴 새 없이 나불대서 별명이 'JDI(주둥이) 요원'인 인욱이 계단을 내려오면서 쫑알거렸다.

"야, 이 체험 학습은 그냥 체험 학습이 아니야. 다른 학교들도 다 오늘 체험 학습 오잖아. 오늘 우리에게 필요한 건, 정해진 시간 안에 최대한 많은 놀이 기구를 탈 수 있는 동선 설계 능력, 한 개 타는 데 한 시간쯤은 기다릴 수 있는 인내력, 다음 놀이 시설까지 뛰어갈 수 있는 순발력, 자잘한 놀이 기구는 과감히 포기할 수 있는 자제력이지. 이 체험 학습은 결국 선택과 집중이라는 종합적 사고력 테스트의 현장이라고 할 수 있어."

정주가 고개를 끄덕였다.

"그럼, 그럼. 놀이동산에서 같이 놀이 기구 탈 친구가 없으면 한순간에 지질한 인생 되는 거야. 놀이동산 체험 학습이야말로 십칠 년 동안 자신이 살아온 인생을 점검해 볼 수 있는 기회지."

찬미는 친구들의 말을 듣고 웃으면서, 건희의 스마트폰으로 롯데월드 지도를 검색했다. 올해는 건희도 있고 마음에 맞는 친구들도 있으니 다행이라는 안도감이 들었다.

어느새 모두 승강장으로 내려왔다. 전철이 전전 정거장에서 출발했다고 전광판에 떴다. 수아가 인욱에게 물었다.

"그래서 넌 뭘 먼저 탈 건데?"

"무조건 아틀란타스지. 걔가 밥이라면 나머지는 그냥 다 반

찬이야. 걔가 탕수육이라면 나머지는 단무지랄까? 그리고 다들 그거 타려고 하니까 언제 가든 줄이 길 거야. 그러니까 우리는 도착하자마자 타야 돼. 그래야 뒤에 시시한 거 타도 안 섭섭하지."

정주가 인욱을 보며 엄지손가락을 치켜들었다.

"너희 인욱이가 초등학교 2학년 때 교실에서 바지에 똥 싸서 별명이 초등학교 6년 내내 '똥욱'이었던 거 모르지? 똥욱이. 그새 많이 컸는데? 다들 아틀란타스 괜찮아?"

찬미가 웃으며, 고개를 가로저었다.

"난 싫어. 후룸라이드 먼저 타고 싶어. 시원하잖아. 근데 그거 앞에 타면 옷에 막 물 튀는 거 아니야?"

건희가 찬미를 지그시 바라보았다.

"내 옷 벗어 줄게. 감기 걸리면 안 되니까."

건희의 말에 둘을 제외한 일행은 일제히 "아 뭐냐?"라며 야유를 보냈다. 정주가 진짜로 토할 것처럼 '욱욱' 하며 손을 입에 갖다 댔다.

"너희 진짜 그만해라. 교실에서도 그렇고 여기서까지 풍기문란이냐? 모태 솔로들은 토 나오거든."

그러거나 말거나 찬미는 건희의 손을 꼭 잡으며 달달한 눈빛을 주고받았다. 정주가 그 모습을 보고 또 토하는 시늉을 했다.

"야, 너네 정말 MBC다."

시우가 물었다.

"그게 뭔데?"

"마가린 버터 치즈. 눈빛이 진짜 느끼해."

'열차가 들어오고 있습니다. 승객 여러분께서는 안전선 안쪽으로 물러나 주시기 바랍니다.'

멀리서 전철 들어오는 소리가 들렸다. 사람들이 일제히 문쪽으로 걸음을 옮겼다. 바로 그때, 찬미의 등 뒤로 폼페이 최후의 날, 베수비오 산의 폭발음 같은 소리가 귀청을 울렸다.

"야, 너 우리 딸한테서 안 떨어져? 헤어졌다며? 어디서 빨다만 대걸레 같은 놈이 나타나서, 남의 딸 앞길을 가로막아! 내 말이 말 같지 않아? 너 죽을래?"

전철이 승강장으로 다가오고 있었다. 승강장에 있던 모든 사람들의 눈이 베수비오 산을 향했다. 찬미는 그 자리에서 소스라치듯 얼음이 되어 버렸다. 꽉 끼는 검은색 트레이닝 복을 입은 뚱뚱한 아줌마였다. 분노로 인해 얼굴이 벌겋게 달아오른 아줌마의 오른쪽 검지가 찬미 일행을 가리키고 있었다. 어느새 전철이 승강장에 정차했다. 전철 문이 열리고, 사람들이 올칵 쏟아져 나왔다. 전철을 타려던 사람들도 힐끔거리며 한 무더기의 사춘기 아이들과 아줌마의 대결 구도를 흥미롭게 쳐다보았다.

아줌마는 곧장 건희의 왼손에 들린 쇼핑백 두 개를 뺏어 하늘 높이 들더니, 바닥으로 내동댕이쳤다. 계란말이 김밥, 유부초밥, 방울토마토, 참외, 키위, 칠레 포도가 깨진 찬합에서 와르르 쏟아져 나왔다. 김밥과 과일들이 데굴데굴 무심히 원을 그리며 굴러갔다. 베수비오 아줌마는 그것들을 탁, 탁 터지게 밟으며, 건희 앞으로 저벅저벅 다가갔다.

"야, 이 새끼야. 너 내가 좋게 여러 번 이야기했지. 다시는 내 눈에 띄지 마라. 너희들 조심해. 이러니 내가 미행을 안 할 수 있냐? 이 거짓말쟁이들. 날 또 속여?"

얼굴이 토마토처럼 시뻘게진 베수비오 아줌마는 건희의 멱살을 한 번 잡았다가 내던지듯 밀쳤다. 아줌마는 건희와 아이들을 다시 한 번 사납게 노려보았다.

"한 번만 더 걸려 봐. 그때는 가만 안 둔다."

아줌마는 몸을 돌려 계단을 향해 가 버렸다.

전철 문이 닫혔다. 전철 안의 사람들이건, 전철에서 쏟아져 나온 사람들이건 아이들을 노골적으로 쳐다봤다. 아이들은 충격으로 그 자리에서 멈춰 버렸다. 시우가 입을 열었다. 시우는 3일 전 전학을 왔다. 담임이 건희에게 시우 좀 잘 챙기라며 건희네 조에 넣어 준 아이다.

"야 이 새끼야……. 너 이거 보니 사채 썼구나? 사업해?"

그러자 놀라울 정도로 차분한 표정으로 찬미가 말했다.

"우리 엄마야."

승강장 안이 순식간에 찬물을 끼얹은 듯 조용해졌다. 찰나의 정적을 깬 것은, 입을 잠시도 쉬지 못하는 인욱이였다.

"너희 엄마, 진짜, 세다. 너희 사귀는 거 걸려서 그런 거야?"

수아가 인욱의 옆구리를 쿡 찔렀다. 인욱은 아랑곳하지 않았다.

"너희 엄마가 건희한테 두 번 전화했을 때 건희가 오줌 지릴 뻔했다는 얘기는 들었어. 근데 아침 시간에 전철역에서, 사람들 다 보는데, 자기가 싼 도시락을, 일제 시대 독립운동 도시락 폭탄도 아닌데, 폭탄처럼 던져 버린, 폭탄 같은 너희 엄마를 직접 보니까 진짜 오줌이 다 마렵다."

정주가 그만하라고 눈치를 주었지만, 인욱은 팔뚝을 걷어 올리고, 좁쌀처럼 올라온 닭살을 아이들에게 보여 주었다. 다른 아이들이 재빨리 바닥의 음식들을 치웠다.

또다시 전철이 들어왔다. 찬미는 아이들과 재빨리 전철에 올라탔다. 무거운 분위기 탓에 인욱도 더는 입을 놀리지 않았다. 찬미 일행은 몇 정거장을 가는 동안 모두 침묵했다. 구일역에서 전철이 멈추고 문이 열렸다. 승강장 아래로 안양천이 흐르고 있었다. 안양천 쪽으로 쇠로 만든 울타리가 군데군데 세워져 있긴 했지만, 울타리가 쳐져 있지 않아 절벽 같은 곳도 있었다. 아슬아슬해 보였다. 그때 출입문 앞에 서 있던 찬미가 전철에서 내렸다. 정주가 다급하게 건희에게 소리쳤다.

"건희야. 빨리 나가 봐. 쟤 저 아래로 뛰어드는 거 아냐?"

건희가 후다닥 찬미를 따라 나왔다. 정주와 다른 아이들도 뒤따라 나와 찬미에게 달려갔다. 찬미는 손목에 찼던 헬리 클락을 풀어 아래로 힘껏 던졌다.

'픽'

물결이 갈라지며 시계를 삼켰다. 안양천은 아무 일 없었다는 듯 햇빛을 받으며 잔잔히 흘러갔다. 찬미는 이를 앙다물고 시계가 떨어진 아래를 잠시 노려보았다. 건희가 찬미 손을 끌고 전철에 올라탔다. 아이들도 모두 후다닥 탔다. 문이 닫혔다.

찬미는 눈을 감고 크게 두 번 심호흡을 했다. 잠시 후 고개를 들고, 친구들을 보며 싱긋 웃었다.

"우리 놀이 기구 또 뭐 탈까? 그런데 광마사거리 도시락 폭탄 사건, 실시간 검색어에 안 떠?"

전철이 천천히 출발했다. 해를 잠시 가둬 두었던 구름이 파란 하늘로 다시 해를 뱉어 놓았다. 위태로운 철로를 달리는 낡은 전철 위로 아침 햇살이 와락 눈부시게 쏟아졌다.

오늘 난, 마포 대교

10월 첫 주, 마포 대교의 밤공기는 차가웠다. 나는 발돋움을 하고, 다리 아래를 내려다보았다. 당연히 쇠창살을 꽉 부여잡고서. 다리 아래에는 거대한 검은 괴물이 아가리를 벌리고 모든 것을 삼킬 듯 흘러가고 있었다. 무섬증이 일었다. 머리끝이 쭈뼛하고 온몸에 오스스 소름이 돋았다. 문득 소중한 자기 목숨을 이런 곳에서 날리는 사람은 정말 보통 힘들어서 그런 게 아니란 생각이 들었다. 한 번뿐인 인생, 왜 죽냐? 첫 키스도 하고 결혼도 하고, 애도 낳아 봐야지. 오늘 이렇게 마포 대교를 서성이고는 있지만, 난 절대 죽으러 온 게 아니다. 단지, 처절하게 끝난 내 사랑에 위로가 필요했을 뿐.

난간에서 내려와 한 걸음 걷자, 난간 위에 불이 반짝 들어왔다.

'밥은 먹었어? 잘 지내지? 바람 참 좋다. 오늘 하루 어땠어? 별일 없었어?'

그 유명한 마포 대교 난간이 나에게 말을 걸었다. 신기했다.

'별일 없으면 왔겠냐? 이 마포 대교야. 한강 물 따뜻하냐?'

걷는 동안 난간에 불이 계속 켜졌다. 한 문장이 눈에 확 들어왔다.

'당신은 혼자가 아닙니다.'

'그래. 마포 대교야. 난 혼자가 아니지. 나랑 비슷한 인간이 하나 더 있긴 해.'

뒤를 돌아보았다. 내 등 뒤에서 솔이 파란 조명이 들어온 SOS 생명의 전화기의 초록색 수화기를 붙잡고 울부짖고 있었다.

"저 어떡해요? 어떻게 걔가 저한테 그럴 수 있어요?"

솔은 지금 제정신이 아니다. 눈물 콧물을 쏟으며 울고 있었다. 눈물이 콧물과 만나 턱 아래서 한 덩어리가 되어 대롱대롱 매달려 있었다.

가서 말리고 싶었지만, 한 커플이 솔을 힐끔거리며 내 쪽으로 걸어오는 게 보였다. 나는 일행이 아닌 척 돌아섰다. 괜히 내가 솔의 등이라도 토닥였다가는 사람들에게 '여자 울린 나쁜 남자'라는 오해를 살 게 뻔해서였다.

다리의 중간에 다다르자, 광장처럼 탁 트인 공간이 나왔다. 나는 난간으로 바싹 다가갔다. 저 멀리 63빌딩이 무심히 서 있었다. 까치발을 들고 난간 아래를 내려다보았다. 해양 경찰선 한 대가 천천히 움직였다. 그 외엔 다 암흑이었다. 나는 주머니 속의 종이를 꺼내 종이비행기를 접었다. 어느새 솔도 훌쩍이며 내 옆에 섰다. 솔도 종이비행기를 접었다. 둘이 종이비행기를 날리려는 순간, 우락부락한 손 하나가 나와 솔의 손목을 낚아챘다.

"학생들. 여기서 뭐 하는 거야? 아무리 힘들어도 그렇지. 유서까지 준비해 왔구먼. 쯧쯧."

위아래 시커먼 등산복을 입은 큰아빠 또래의 아저씨가 나와 솔의 손목을 잡고 놓아주지 않았다. 아저씨는 꽁지 머리를 하고 카우보이모자를 쓰고 있었다. 어둠 속에서도 큰 코가 도드라졌다. 〈트와일라잇〉에 나오는 인디언 추장님처럼 보였다. 나는 한 손으로 손사래를 쳤다.

"아니에요. 저희 그런 거 아니에요."

"그래? 그럼 왜 여기를 서성이는지 얘기나 좀 해 봐. 혹시 학생이 이 여학생에게 몹쓸 짓이라도⋯⋯."

아저씨는 나를 째려보면서 말했다. 아니라고 말해도 아저씨는 우리 둘의 손을 놔주지 않았다.

"아저씨, 그게 아니라 저희 둘 다 실연당해서 힐링하러 온 거라고요."

아저씨는 그제야 우리 손목을 풀어 주고 나무 벤치로 우리를 끌고 갔다.

"그래? 한번 얘기 좀 해 봐. 내 아들딸 같은 애들이 뭐가 이리 힘들어서 이 무서운 다리를 서성거리는지."

아저씨는 뭔가 사연이 가득한 눈으로 나와 솔에게 앉으라고 손짓했다. 할 수 없이 우리는 벤치 하나를 차지하고 생면부지의 아저씨와 마주 보고 앉았다. 솔이 계속 흐느끼며 코를 풀어 대고 있었다. 할 수 없이 얘기는 내가 하게 되었다.

내 첫사랑은 올해 봄, 라일락과 함께 찾아왔다. 나는 남자 중학교를 나와서 학년 초에는 여자애들과 같은 교실에서 공부하는 것 자체가 신기했다.

5월 어느 음악 시간. 음악 선생님이 웬 보라색 꽃이 달린 나뭇가지를 들고 와서 교탁에 올려놓았다. 칠판에 '수행 평가 : 뮤직비디오 제작, 주제-사랑'이라고 썼다. 선생님은 조별로 뮤직비디오를 찍는 게 음악 점수의 80%를 차지하는 수행 평가라고 했다. 곧이어 보라색 꽃나무 가지를 손에 들었다.

"첫사랑 맛이 궁금한 사람은 나와 봐."

첫사랑을 못 해 본 나는 당연히 자리를 박차고 나갔다. 나 못지않게 과잉행동형 인간인 인욱도 "오, 허단. 박력 있다."라고 말하며 앞으로 나왔다. 솔도 실실 웃으며 나왔다.

선생님이 보라색 꽃을 차례로 우리 코밑에 대 주었다. 빨래할 때 엄마가 마지막으로 넣는 향긋한 섬유 유연제 향기가 났다. 진하고 감미로운 향이 코끝을 스쳤다. 구름 위에 앉아 있는 느낌이 들 정도로 사람 마음을 설레게 하는 향기였다. 꽃을 자세히 보니, 새끼손톱만 한 보라색 별 모양의 꽃이 여러 개 모여 한 송이 꽃처럼 보였다.

"이게 바로 라일락이라는 꽃이야. 자 그럼, 이건 뭐처럼 생겼어?"

선생님이 아기 손바닥만 한 나뭇잎 하나를 뜯었다.

"하트요!"

인욱이 대단한 발견이라도 한 듯 소리쳤다.

"맞아. 잎사귀가 우리 심장 모양처럼 생겼지? 자, 이 잎사귀를 어금니로 꽉 깨물어 봐. 그럼 첫사랑의 맛을 알게 될 거야."

근복이 자리에서 소리쳤다.

"선생님, 그거 미세 먼지 묻은 거 아니에요?"

선생님은 살짝 당황하더니, 한 번 물에 헹궜다고 얼버무렸다. 이걸 씹으면 첫사랑의 맛을 알 수 있단 말이지? 나는 잎사귀 다섯 개를 나뭇가지에서 우두둑 뜯어냈다.

내가 라일락 잎을 입에 넣으려는 순간, 창가에 앉은 가인과 눈이 마주쳤다. 가인의 등 뒤 창문으로 눈부신 봄 햇살이 와락 쏟아지고 있었다. 후광 같은 햇살을 받은 가인이가 나를 보고 화사하게 웃었다. 나는 순간적으로 고개를 좌우로 돌려 내 옆에 누가 있나 살펴보았다. 인욱과 솔, 음악 선생님은 음악실 문 쪽에 있었다. 우리 반의 여신 가인의 미소는 온전히 나를 향한 것이었다. 가인이의 시선과 나의 시선이 만나 공중에서 부서졌다.

그 순간을 그렇게 기억한다. 내가 십칠 년간 살아왔던 모든 순간을 더한 시간보다 강렬했던 순간이라고. 물감과 물감의 여러 색을 섞으면 검은색이 되지만, 빛과 빛을 섞으면 흰빛이 된다. 어둡고 칙칙한 '나'라는 빛이 '가인'이라는 빛을 만난 그 순간, 내 인생이 찬란한 흰빛으로 거룩하게 감싸지는 것 같았다.

나는 잎사귀들을 입에 넣고 어금니로 우적우적 씹었다. 처음에는 풋풋한 풀 내음이 나더니, 바로 다음 순간 쓴맛이 혀를 마비시켰다. 사는 게 따분한 사람이 있다면 봄이 되어 파릇파릇 올라오는 라일락 잎사귀를 씹어 보시라. 영혼까지 파고드는 쓴맛에, 비루한 삶이 오히려 달콤하게 느껴질 것이다. 혹시라도 얄미운 친구가 있다면 빵 사이에 라일락 잎사귀를 갈기갈기 찢어 넣어 그 아이에게 주시라. 친구의 불행은 나의 행복 아닌가. 고통에 몸부림치는 친구의 모습을 보면서 삶의 활력을 느낄 수 있을 것이다.

"퉤, 퉤!"

인욱이 목을 잡고 구역질을 하며 나동그라졌다. 나와 솔은 앞문을 박차고 화장실로 갔다. 어찌나 쓴맛이 강하던지, 예능 프로그램에서 벌칙으로 쓰는 '고삼차'가 이런 맛인가 싶었다. 아무리 물로 입을 헹구어도 입을 딱 다무는 순간, 어금니 사이에 숨어 있던 쓴 향이 온몸에 퍼져서 진저리가 났다. 나는 열 번도 넘게 입을 헹구고서야 음악실로 돌아갔다. 솔도 여자 화장실에서 나왔다. 음악실은 "먹으면 입안이 상쾌해진다. 안 먹으면 후

회한다."고 눈 하나 깜짝하지 않고 아이들을 낚고 있는 노을, "내 죽음을 담임에게 알리지 마라."며 바닥에 나동그라져 괴로워하는 근복과 같은 아이들로 앞자리가 북새통을 이루고 있었다.

맛을 본 아이들은 괴로움에 몸부림쳤고, 맛을 못 본 아이들은 호기심에 입맛을 다셨다. 선생님이 짓궂게 웃었다.

"너희들이 인간인 이상 누구나 첫사랑을 하겠지? 첫사랑은 이 라일락 같은 맛이 아닐까? 처음엔 달콤한 보랏빛 향기처럼 사람을 달뜨게 하지. 이 세상이 온통 아름다워 보일 거야. 하지만 사랑의 끝 맛은 이 라일락 잎사귀를 씹는 것처럼 사람을 몸서리치게 한단다. 인생을 살다 보면 그게 꼭 쓴맛만은 아니었다는 걸 알게 되겠지만. 어쨌든 너희들이 생각하는 '사랑'에 관해서 뮤직비디오를 만들어 봐. 자, 조 짜는 것부터 시작!"

아이들은 쭈뼛쭈뼛 조원을 찾아 움직였다. 나는 바로 솔에게 달려가서 같은 조를 하자고 얘기했다. 내가 전 세계에서 유일하게 편하게 이야기하는 여자애가 솔이다. 솔은 짧은 커트 머리를 했다. 갈색 주근깨가 하얀 얼굴에 깨처럼 뿌려져 있어, 여자지만 장난꾸러기 남자애 같다. 가슴도 거의 절벽이고 성격도 터프해서 그냥 남자애 같다.

솔은 중3인 내 동생 장이와 며칠 전부터 사귀고 있었다. 2주 전쯤 비 오는 날, 솔은 야자실로 내 우산을 들고 온 장이를 보고 반했다. 솔은 나에게 장이 연락처를 달라고 해서 결국 사귀게 되었다.

　나는 솔을 음악실 구석으로 끌고 가서 가인과 같은 조를 하고 싶다고 했다. 솔이 "허딴, 너 설마." 하고 말하자 나는 고개를 끄덕였다. 솔은 "눈 한번 더럽게 높네."라고 말하며 가인을 섭외해 주었다. 솔, 노을, 지오, 나, 가인, 미령 이렇게 여섯 명이 한 조가 되었다. 총감독을 맡기로 한 솔이 밀어줘서 여자 주인공은 가인, 남자 주인공은 내가 되었다. 여자애들은 잘생긴 지오를 두고 왜 내가 남자 주인공이냐며 미스 캐스팅이라고 아우성쳤다. 나는 눈 하나 깜짝하지 않고 성난 민심을 달랬다. '잘생긴 배우가 연기를 하면 관객들의 몰입도가 떨어진다, 나와 닮은 천만 요정 오달수 님을 봐라, 내가 주연을 해야만 관객들의 몰입이 높아지고, 수행 평가에서 높은 점수를 받아서 우리가 모두 대학에 갈 수 있다.'는 요지의 말로 아이들을 간신히 설득했다.

　첫 촬영은 그 주 토요일 3시에 했다. 장소는 학교 옆 아파트 놀이터였다. 시나리오는 솔이 짜 왔다. 솔이 내용을 이야기해 주었다. 한 여자와 남자가 알콩달콩하게 사귄다. 여자가 남자에게 갑자기 헤어지자는 문자를 보낸다. 남자가 여자를 찾아가지만 다른 남자와 있는 여자를 보고 분노한다. 이후 남자는 혼자서 그 여자를 그리워한다는 뭐 그런 내용이었다. 뻔한 내용이었는데도 여자애들은 소리를 지르며 호들갑을 떨었다.

　솔은 조원들을 데리고 그네 앞으로 갔다. 가인이 그네에 앉아 있고 그 앞에서 내가 이야기를 하는 설정이었다. 솔은 둘이 눈을 마주치면서 최대한 다정하게 행동하라고 요구했다. 나는 바로 뻔뻔해졌다. 나는 가인을 지그시 바라보며 미소 지었다. 모래 놀이터 밖에서 핸드폰을 들고 촬영을 하던 지오가 고개를 갸우뚱했다.

"쟤, 진짜 가인이 좋아하는 거 아니야? 눈에서 꿀이 뚝뚝 떨어져."

첫 촬영이 끝나자 솔이 이번에는 애들을 미끄럼틀로 데려갔다. 솔이 가인에게 미끄럼틀 위로 올라가라고 했다. 가인이 미끄럼틀을 거꾸로 올라가다가 미끄러졌다. 다시 미끄럼틀에 올라가려는 순간, 나는 가인의 오른쪽 팔을 잡고 등을 밀어 주었다. 손에서 땀이 축축하게 배어 나왔다. 손을 털면 땀으로 생수통을 채울 수도 있을 것 같았다. 온몸에서 세포들이 '할렐루야!'를 외쳤다. 두근거리는 심장 소리를 감추려 심호흡을 했다. 가인이 미끄럼틀에 걸터앉았고, 내가 그 옆에 섰다. 이제 내가 준비해 온 온갖 재미있는 말을 쏟아 내서 가인의 환심을 살 차례였다. 갑자기 솔이 '컷'을 외쳤다.

"어, 좀 이상해. 원래 영화 보면 여자가 높은 곳에 앉아 있고, 남자가 여자를 아련하게 내려다보면서 머리를 쓰다듬잖아. 그런 거 생각하고 찍으려고 했는데, 이건 좀 그림이 안 나와. 가인아, 너는 내려오고 단이 네가 올라가 봐. 그럼 그림이 맞겠다."

솔이 나의 여신 가인이 앞에서 '허단, 키 작은 네가 올라가라.'고 말하고 있는 것이다. 뮤직비디오의 장르가 '로맨스'에서 '코미디'로 바뀌는 순간이었다.

내 이름은 허단. '단'이라는 이름만큼 키가 작다. 이게 다 할아버지 때문이다. 내가 엄마 배 속에 있을 때 할아버지가 꿈에 박달나무 숲을 보았는데 숲 전체가 엄마 치마폭에 안기더란다. 그래서 할아버지가 내 이름을 '허박달'로 지으려고 했으나 아빠가 펄쩍 뛰었다고 한다. 아빠는 할아버지가 꿈에 황소가 하늘의 달로 변하는 꿈을 꾸어서 '허황달'이 되었다. 아빠가 할아버지를 극구 말려 나는 겨우 '박달나무 단'을 써서 '허단'이 되었다. 이름 따라 산다고, 나는 지금까지 짧은 다리로 살고 있다. 할아버지의 작명에 기함을 한 엄마는 연년생 동생을 낳고 이름을 '장'이라고 지었다. 정말 이름을 따라가려는지 중3인 녀석은 키가 벌써 185cm다. 아빠는 나와 키가 같다. 아빠도 키 작은 게 한이어서 배구 선수 출신인 엄마를 만났는데, 결과적으로 엄마의 모든 유전자가 동생에게만 갔다. 대한민국에서 키 작은 남자로 산다는 것을 한 문장으로 말하자면? 답은 '정말 X 같은 일이다'. 현재 내 키는 161.2cm다. 키 얘기가 나오면 꼭 남자들은 군대 가서까지 큰다는 어설픈 위로를 건네는 사람들이 있다. 중학교 내내 나는 키 크려고 농구도 하고 성장 클리닉도 다니고 한약도 먹었다. 하지만 작년 중3 여름, 대학 병원에서 성장판 MRI를 찍고, 온몸이 불에 덴 듯한 고통을 느꼈다. 의사 선생님이 '성장판이 닫혔다.'고 했기 때문이다. 그 일주일 동안 얼마나 많이 울었는지 모른다. 그냥 내가 한 개의 눈물 덩어리였다고 보면 된다. 하지만 내 무릎의 성장판이 닫혔다고 내 인생을 닫아 버리지 말자는 생각을 하며 애써 명랑하게 지내 오고 있다.

내 인생에 태클을 거는 것이 두 가지가 있으니 하나는 방금 말한 키요, 다른 하나는 고추 알레르기라는 몹쓸 질병이다. 고민을 자랑하는 텔레비전 프로그램에 나가 볼까 생각할 정도로 이 두 고민은 내 인생의 큰 걸림돌이다. 고추를 먹으면 온몸이 붓고 가렵다. 심할 때는 기도가 막혀서 숨 쉬기 곤란해진다. 그래서 나는 남들 다 먹는 떡볶이, 김치, 라면, 닭꼬치도 못 먹는다. 불닭볶음면을 먹으려면 목숨을 걸고 먹어야 한다. 급식에 김치찌개, 쫄면, 오이 초고추장 무침이라도 나오는 날엔 꾸역꾸역 밥만 먹어야 한다. 혀가 떨어져 나갈 정도로 매운 엽기 떡볶이를 즐겨 먹는 대한민국에서 고추 알레르기가 있는 사람으로 산다는 것을 한 문장으로 말하자면? 답은 '진짜 X 같은 일이다'. 하지만 둘 중 더 고약한 것은 역시 '키 작은 남자'로 사는 삶이다. 이런 두 가지 고충을 안고 사는 내가 삐뚤어지지 않고 이렇게 밝고 명랑하게 사는 것을 우리 엄마 아빠는 고마워해야 한다.

암튼 내가 이렇게 난감한 상황을 극복하는 삶의 지혜가 있으니 바로 유머다. 얼굴을 붉혀 봤자 얻을 게 하나도 없다. 나는 방실방실 웃으며 솔을 쳐다보았다.

"솔아, 구도보다는 나의 내면 연기를 봐 줘. 메소드 연기라는 게 있잖아. 어때? 내 눈빛, 감정선 살아 있지?"

나는 일부러 오버 하며 가인을 느끼하게 쳐다보았다. 용기를 내서 가인이의 두 손을 덥석 잡았다. 아, 내가 미쳤나 보다. 가인이 활짝 웃으며 내 눈을 바라봐 주었다. 다시 한 번 마음속에서 빛의 물결이 일렁거렸다. 뮤직비디오가 아니라 진짜로 사귀는 사이여서 가인이가 나를 이렇게 쳐다보면 얼마나 좋을까? 솔은 마지못해 고개를 끄덕였다.

이어 다음 장소로 이동했다. 나와 가인은 벤치에서 서로 등을 기대고 앉았다. 등에서 가인의 온기가 느껴지자, 심장이 빠르게 뛰었다. 심장 파열로 쓰러지지 않을까 잠깐 걱정이 될 정도였다.

솔은 '가위바위보 해서 딱밤 때리기', '핸드폰 게임 함께하기', '이어폰 나눠 끼고 음악 듣기'와 같은 커플 연기를 지시했다. 십칠 년 동안 마음 한구석에 처박혀 있던 '설렘'이라는 감정이, 오랜 가뭄에 댐 물이 방출되듯 맹렬한 속도로 터져 나오는 것을 느꼈다. 아, 정말 내가 가인과 커플이어서 이렇게 따스한 봄날에 공원 벤치에 앉아 핸드폰 게임을 하면서 노닥거리면 얼마나 행복할까? 상상만 해도 가슴이 벅차올랐다. 시간이 흐를수록 가인을 쳐다보기만 해도 웃음이 터져 나와 엔지가 여러 번 났다. 가인도 그런 나를 보고 덩달아 많이 웃었다. 다행이었다.

장소를 학교로 옮겼다. 나는 '헤어지자.'는 문자를 받고 교실로 뛰어 올라가 문을 벌컥 열고, 손을 잡고 있는 가인과 남장을 한 노을을 바라보는 장면을 찍었다. 나는 가방을 내던지며 벽을 치고 복도로 뛰었다. 아이들이 '분노의 벽 치기'를 하는 내 연기가 신들린 것 같다고 칭찬했다. 다음은 가인이 다른 남자와 함께 내 옆을 스쳐 지나가는 장면. '만약 정말 그런 상황이라면?'이라고 생각하자 심장 한구석이 쓰라렸다. 마지막 장면인 회상 부분을 찍을 때는 혼자 벤치에 앉아 그런 상상을 하며 눈물을 주르륵 흘렸다. 이건 뭐 예능 프로그램에 자주 등장하는 '1초 만에 눈물 흘리기' 개인기 수준이었다. 애들은 물개 박수를 치면서 '청룡 영화제 남우주연상감'이라며 치켜세워 주었다. 솔은 세 시간 만에 찍은 것 치고는 멋진 작품이 나오겠다며 좋아했다. 편집은 미령이가 해서 메일로 보내 주기로 하고 다들 헤어졌다.

집에 오자마자 나는 핸드폰을 만지작거렸다. 영화 〈인사이드 아웃〉에서 여러 감정들이 머릿속에서 대화를 나누는 것처럼, 내 안에 있는 여러 성격들이 머릿속에서 대화를 나누는 것 같았다. 대화를 하는 애들에게 굳이 이름을 붙이자면 '소심이'와 '대범이' 정도? 시작은 '대범이'였다.

대범이 : 먼저 연락해 볼까?

소심이 : 아니야. 그렇게 아나운서처럼 고급스럽게 생기고 성격 좋고 키도 너보다 10cm나 크고 몸매마저 착한 애가 널 좋아할 리가 없어. 다른 남자애들이 가인이 좋아하는 건 이미 다 알고 있잖아. 그런 인기쟁이를 네가? 허단, 네가 좋아한다고? 넌 거울 안 봄? 창피만 당하고 말걸. 손에 든 핸드폰 어서 당장

내려놔.

대범이 : 그래도 질러 봐야 후회를 안 하지 않겠어? 좋아하면 좋아한다 말을 해야지. 좋아한다고 고백해.

소심이 : 걘 산으로 치자면 해발 170,000m 신비로운 만년설로 덮인 알프스야. 넌 해발 1,610mm 동네 뒷산이고. 물로 치자면 걘 경관 좋은 나이아가라 폭포. 누가 봐도 멋지고 감탄하잖아. 넌 세균 검출돼서 입구가 막힌 동네 약수터 3급수라고! 접어라. 그리고 짝사랑이 좋은 점이 얼마나 많아? 언제든 먼저 시작할 수 있고, 언제든 맘대로 끝낼 수 있잖아. 그냥 바라만 보자. 고백했다가 차여서 걔 앞에서 얼굴도 못 들고 다니지 말고.

'소심이'는 절대 가인에게 연락하지 말라고 아우성이었지만, 내 안의 '대범이'가 일을 저지르고 말았다. '뭐 해?'라고 나도 모르게 가인에게 카톡을 보내 버리고 만 것이다. 이미 엎질러진 물.

— 아, 학원. 수학 단과. ㅋㅋ 허당, 오늘 재밌었어.

와, 이게 뭐야! 가인에게서 바로 답이 오다니. 그것도 내 별명까지 부르며 친한 척하다니. 나는 용기가 솟구쳐 다음 문자를 보냈다.

— 토요일인데 힘들겠다. 언제 끝나?

— 몰라. 모의고사 준비한다고 오늘은 세 시간 연속한대. 왕 피곤ㅠㅠ

가인은 원래 엄청 친했던 사이처럼 친근하게 답장을 계속 보내 주었다. 내가 유일하게 카톡을 하는 여자인 솔이 나에게 보낸 첫 카톡 내용이 '닥쳐.'였던 거에 비하면 놀랍도록 친근하고 여성스러우며 부드러운 내용이었다.

뮤직비디오를 한 편 찍고 이렇게 친해질 수 있다니 새삼 솔에게 고마웠다. 다음 날인 일요일 아침에도 용기를 내서 카톡을 보냈다. 가인이 매번 바로 성의 있게 답장을 해 주었다. 이런저런 얘기를 하면서 혼자 웃고 좋아하면서 일요일을 보냈다. 가장 가슴을 설레게 했던 카톡은 이거였다.

– 난 재밌는 남자가 좋더라. 너랑 얘기하면 정말 재밌어. 너 개그맨 해라.

가인도 나를 좋아하게 된 것 같았다. 가인이만 웃는다면 전교생 앞에서 개다리춤이라도 출 수 있을 것 같았다. 이게 꿈이야, 생시야. 월요일 학교 가는 길에 가인이가 민트 우유를 좋아한다고 했던 게 생각나서, 민트 우유를 사서 가인에게 주었다.

"고마워. 잘 먹을게."

가인이 눈웃음치며 말했다. 몸이 날아오르는 것 같아서 다리에 모래주머니를 달아야 하나 잠깐 고민했다. 가인이가 우유를 마시며 짝에게 덥다고 했다. 나는 솔이 들고 있던 부채를 빼앗아 가인에게 주었다.

그렇게 2주가 흘렀다. 나는 점점 더 가인이와 친해지는 느낌이 들었다. 가인은 방과 후에 내가 보내는 카톡도 잘 받아 주었다. 물론 항상 먼저 카톡을 보내는 건 나였다. 그런데 문제가 생겼다. 가인이 다른 남자애와 얘기하는 모습을 보거나, 다른 남자애들이 가인이와 카톡을 했다고 하면 가슴에서 불처럼 질투가 나는 것이 그것이었다. 난 가인과 사귀는 사이도 아니었지만, 그런 얘기를 들을 때마다 혼자 신경이 곤두섰고, 질투심에 몸이 부들부들 떨릴 지경이었다. 근복이 반톡에 말도 안 되는 개드립을 올린 적이 있었다. 가인이 그 밑에 'ㅋ'을 두 줄이나 적은 걸 보고 깊은 좌절감을 느끼기도 했다. 'ㅋ'이 두 줄인 것은 그 사람에게 강한 호감을 나타내는 표시다. 가인에게 그런 대접을 받은 근복이가 부럽기도 하고, 질투도 났다.

나는 가인의 말 하나, 몸짓 하나에 혼자 의미를 부여했다. 매 순간 천국과 지옥을 오갔다. 혼자 실실 웃었다가, 갑자기 머리를 쥐어뜯으며 괴로워했다. 그런 모습을 지켜보던 솔이 금요일이 되자 나를 충동질했다.

"내일이 우리 반 단합 대회잖아. 끝날 때 집 데려다주면서 고백해. 너희 둘 이미 사귀는 것 같아. 썸 그만 타고."

쇠뿔도 단김에 빼랬다고, 솔의 이런 말을 듣자 용기가 생겼다.

6월 첫 주 운명의 토요일! 우리 반 애들이 단합 대회를 하기로 한 날이다. 반 아이들은 학교 근처 공원에서 열리는 '백만 송이 장미 축제'에 다 같이 갔다가 광마사거리로 이동하기로 했다. 축제에 우리 학교 밴드부가 나오는데, 밴드부에 우리 반 애가 있어서 응원차 가기로 했다. 3시가 되자, 우리 반 애들이 무대 앞을 장악하고 있었다. 가인이도 와 있었다. 나는 애들 사이를 비집고 들어가 가인이 바로 옆에 섰다. 5cm짜리 비밀의 굽이 숨겨진 키 높이 운동화를 신고 있어서 자신감이 생긴 터였다. 이 공원의 모든 장미를 다 합친 것보다 네가 더 예쁘다고! 나는 가인의 옆얼굴을 힐끗 올려다보고 혼자 히죽 웃었다.

그때 가인이 옆으로 얼굴만 아는 우리 학교 애가 와서 기웃거리더니 내 옆의 근복에게 말을 걸었다.

"근복아, 너희 반 백가인이 누구야?"

"쟨데, 왜?"

"아, 쟤가 가인이구나."

남자애들이 몇 명 더 와서 가인을 쳐다보고 고개를 끄덕거리고 갔다. 자식들, 이제 내 여자 친구가 될 거란다.

무대 위에 우리 학교 밴드부가 올라왔다. 우리 반인 베이스 담당 민호가 애들에게 손을 흔들었다. 하지만 여자애들은 오직 보컬 준기만 보고 소리를 질러 댔다. 민호가 머쓱하게 손을 내렸다. 가인이도 빙그레 웃으며 무대를 보고 있었다. 준기가 첫 곡으로 '혁오 밴드'의 〈위잉 위잉〉을 불렀다. 찹쌀떡처럼 귀에 찰싹 감기는 목소리였다. 나도 모르게 발과 고개를 까닥거렸다. 준기는 별명이 '준기 오빠'다. 인근 중학교에서 '준기 오빠' 하면 모르는 애가 없을 정도로 인기가 많은 아이다. 얼굴은 꽃미남인데 몸은 상남자. 운동장에서 축구하는 모습을 보면, 키가 커서 다른 애들 머리 위로 준기 머리만 둥둥 떠다닌다. 웨이트 트레이닝을 했는지 역삼각형의 성난 등 근육을 가졌고, 가슴이 웬만한 여자보다 더 나왔다. 노래도 잘한다. 눈이 살짝 처져서 늘 웃고 있는 것처럼 보인다. 우리 학교 여자애들과 여자 선배들도 준기를 '준기 오빠'라고 부른다. 준기에게 장난으로 '준기 오빠'라고 부르는 정신 나간 선생님들도 있다. 준기는 두 번째 곡으로 '윤도현'의 〈나는 나비〉를 불렀다. 자유자재로 올라가는 마성의 고음 속에서 튀어나오는 날카로운 음색, 작은 고갯짓만으로도 관객들을 환호케 하는 카리스마, 관객들의 열렬한 호응을 이끌어 내는 현란한 무대 매너. 복도에서 마주치면 뒤돌아서서 다른 길로 돌아가고 싶은 그런 녀석이다. 여자애들이 펄쩍펄쩍 뛰면서 '앵콜'을 외쳤다. 퇴장하려는 듯했던 준기가 다시 마이크를 잡았다. 여자애들이 환호성을 보냈다. 저놈의 허세. 나는 그런 허세에 넘어가는 여자애들이 못마땅해서 고개를 절레절레 흔들었다.

"앵콜 곡은 '신해철'의 〈그대에게〉입니다. 이 곡을 제 마음속의 그녀에게 바치겠습니다." 하면서 쑥스러운 듯이 웃었다. 우리 반 여자애들이 다 그게 자기라면서 방방 날뛰었다. 남자애들은 다 똥 씹은 표정을 지었다.

준기가 무대를 마치고 나자, 밸리 댄스 하는 누나들이 나와서 현란하게 춤을 추기 시작했다. 눈이 저절로 커졌다. 정신없이 앞줄, 뒷줄 누나들의 몸매를 비교하고 있는데, 솔이 내 뒤통

수를 때리며 나를 잡아끌었다. 우리는 축제장에서 나와 광마사
거리에 있는 고기 뷔페를 갔다. 나는 남자애들과 같은 테이블에
앉아 고기를 구워 먹으면서도 가인을 힐끔힐끔 쳐다보았다.

솔은 치아 교정기를 착용했으면서도 맹렬하게 고기를 자기
입에 쑤셔 넣고 있었다. 그 옆에 앉은 가인은 샐러드를 깨작거
리며 조금씩 먹고 있었다. 한 폭의 동양화 같은 풍경이었다. 아
이들은 고기를 어느 정도 먹고 나자, 유치한 내기를 하기 시작
했다. 중학교 때는 중국집 가서 가위바위보에 진 사람이 간장에
춘장, 고춧가루, 양파 섞은 거 원 샷 하기, 이런 내기를 했는데,
이번에는 청양 고추 먹기 내기를 하고 있었다. 나는 슬쩍 뒤로
빠졌다. 여자애들이 떠들썩하게 가위바위보를 했다. 가인이 걸
렸다. 가인이 울상이 되었다.

"나 매운 거 못 먹는데."

아이들이 다 나를 돌아보았다. 사랑과 재채기는 숨길 수 없
는 법. 애들은 이미 나와 가인 사이에 흐르는 기류를 눈치채고
있었다.

"흑기사, 흑기사!"

애들은 주먹을 쥐고 응원하듯 팔을 휘두르며, 나를 가인 앞
에 앉혔다. 가인이가 애절한 눈빛으로 나를 쳐다보았다.

"먹어 줄 거야? 나 매운 거 못 먹어서."

잠시 망설였다. 생명이냐? 사랑이냐? 당연히 사랑이다. 이
고추를 먹고 나는 가인에게 고백하리라. 나는 눈을 질끈 감고

한입 크게 청양 고추를 베어 물었다. 아이들이 손뼉 치며 환호성을 보냈다. 곧이어 강력한 캡사이신이 온몸의 세포를 공격했다. 얼굴이 화끈거리더니 대번에 팔과 손등에 붉은 반점이 올라오는 게 느껴졌다. 눈 위에도 두드러기가 나는지 눈꺼풀이 무거워졌고 눈이 자꾸 감겼다. 나는 가쁜 숨을 쉬면서 가인을 향해 미소를 보냈다. 가인이가 나를 쳐다보지도 않고 핸드폰을 들고 밖으로 나가는 게 흐릿하게 보였다.

"어? 어디라고? 고기 뷔페 앞이라고? 알았어. 나갈게."

가인의 목소리가 아득해졌다. 나는 솔에게 물 한 잔을 달라 하다가 정신을 잃었다.

내가 깨어난 곳은 병원 응급실이었다. 눈을 뜨자 솔과 엄마가 보였다. 청양 고추 때문에 목이 부어서 기도가 막힐 뻔했다고 했다. 다행히 내가 쓰러지는 순간, 솔이 의자를 치우고 119에 신고해서 이곳으로 왔다고 했다. 엄마는 눈물을 훔치며 왜 고추를 먹었느냐고 팔을 때리며 우셨다. 주위를 둘러보았지만 가인은 없었다.

내가 솔에게 가인은 집에 갔냐고 물었지만 솔은 대답을 피했다. 딴소리만 계속하다가 집에 갔다. 수액을 한 통 다 맞고, 연고를 바르고 나서야 붉은 반점이 가라앉았다. 나는 가인이 날 걱정하고 있을 거라는 생각에 핸드폰을 켰다. '가인아, 난 이제 괜찮아.'라고 문자를 보내려고 했다. 핸드폰을 드는 순간 왠지 모를 불안감이 스쳤다. 혹시나 하는 생각에 페이스북에 들어가 보니 가인의 페이스북에, 아, 그녀의 페이스북에 이런 게시물이 올라와 있었다.

백가인 님이 민준기 님과 함께 있습니다.

♡ 민준기 님과 연애 중 ♡

솔에게 나중에 확인해 본 바로는 준기가 공연을 마치고 고기 뷔페 앞으로 찾아왔다고 했다. 준기가 가인에게 고백을 했고, 둘이 그 자리에서 사귀기로 했다는 것이다. 나도 모르게 눈물이 났다. 흐르는 눈물 때문에 얼굴에 난 반점이 쓰라렸다.

이틀 후 학교에 가서도 나는 몸에 난 두드러기 딱지 때문에 벅벅 팔을 긁었다. 조회가 끝나자마자, 교실로 준기가 찾아오더니 가인과 손을 잡고 복도로 가 버렸다. 배가 아팠다. 여전히 가인은 교실에서 나를 웃으며 대했다. 태양이 온 세상을 비출 때, 그냥 태양이어서 따스한 햇살을 비춘 것이지, 특별히 날 좋아해서 햇살을 보내 주는 것이 아니었다는 걸 깨달았다. 다 내 오해였구나.

그 후 나는 점심시간에, 급식 줄이 길면 잠시 대기하던 장소였던 학교 도서관에 가서 시집이란 걸 읽기 시작했다. 도서관 한쪽 벽면 전체에 시집이 빼곡하게 꽂혀 있었다. 시집 제목부터 마음에 쏙 드는 게 많았다. 나는 시집 제목들을 조용히 중얼거렸다.

『혼자 타오르고 있었네』, 『갈증이며 샘물인』, 『지독한 사랑』, 『두근거리다』, 『당신의 첫』, 『아껴 먹는 슬픔』, 『간절하게 참 철 없이』, 『이 환장할 봄날에』, 『알쏭달쏭 소녀 백과사전』……

시집 제목만 보아도 감기약을 먹은 것처럼 온몸이 몽롱해지면서도 가슴 한편이 울렁거렸다. 나에게 이런 감성 터지는 구석이 있는 줄은 처음 알았다.

그중 『그래도 괜찮아』라는 시집을 읽다가 멍해졌다.

밑줄[1]

책을 읽다가
쏙 들어오는 문장에 밑줄을 그었다

누군가 밑줄 그어 줄
내 마음도 있었을까?

나는 지금껏 내 인생에 불쑥 들어온 가인에게 무수히 많은 밑줄을 그었다. 그 애의 말 한 마디, 그 애의 표정 하나에도 의미를 부여하고 밑줄을 그었다. 그 애는 단 한 번이라도 내 마음에, 나의 진심에 밑줄을 그어 준 적 있을까? 내가 심각한 표정으로 시집을 읽고 있자, 옆에서 만화책을 보던 근복이 나에게 "미친놈."이라며 키득거렸다.

나는 근복에게 『천국은 언제쯤 망가진 자들을 수거해가나』라

---

1) 안오일, 「밑줄」, 『그래도 괜찮아』 (푸른책들, 2010)

는 김성규의 시집과 김혜순의 시집 중「전 세계의 쓰레기여 단결하라」라는 시가 쓰인 페이지를 펴서 조용히 건네주었다.

쓰린 마음을 간신히 부여잡으며 시간을 보냈다. 그사이 1학기 기말고사 기간이 다가왔다. 6월 말, 내신 아홉 등급을 놓고서 아이들 사이에선 '헝거 게임'을 능가하는 소리 없는 전쟁이 벌어지는 시기다. 나는 학교 자습실에서 공부를 하다가 교실에 역사 요약 프린트를 두고 온 게 기억나 3층으로 갔다. 역사 샘이 거기서 시험 문제를 거의 다 냈다고 했다. 3층 1학년 교실과 복도는 불이 꺼져 껌껌했다. 불 꺼진 학교만큼 무서운 공간이 있을까. 〈여고괴담〉이라는 영화가 괜히 나온 게 아니다. 하지만 한 등급이라도 올리려면 꼭 그 프린트를 가져와야 했다. 나는 무섬증을 참고 복도 끝에 있는 우리 반 교실까지 갔다. 문을 열려고 했는데, 교실 안에서 나지막한 인기척이 났다. 오싹했지만 호기심에 까치발을 들고 창문으로 가서 안을 들여다보았다. 두 물체가 포개져 있었다. 큰 키의 남자애가 여자애를 끌어안고 키스를 하고 있었다. 드라마나 영화에서만 보던 키스를 눈앞에서 보다니 숨이 꿀꺽 넘어갔다. 둘은 바늘 하나 들어갈 틈 없이 딱 달라붙어 있었다. 사랑하는 연인들이 하나가 되는 순간을 눈앞에 보여 달라고 하면 보여 줄 수 있을 것 같은 에로틱한 장면이었다. 구름 밖으로 나온 달빛에 두 사람의 얼굴이 드러났다. 준기와 가인이였다. 나는 망치로 머리를 맞은 느낌이 들었다. 순식간에 속절없이 눈물이 줄줄 났다. 가슴에서 서러운 감정이

뭉텅뭉텅 올라왔다. 에이 씨, 쪽팔리게 왜 눈물이 나는 건지. 나는 소맷부리로 눈물을 훔치고 그대로 복도 끝까지 달려 야자실로 돌아왔다. 키스는 둘이 했는데, 왜 내가 그렇게 못나게 느껴지는지. 자습실 내 책상 위에는 『굴욕은 아름답다』라는 시집이 창백한 형광등 빛을 받고 있었다. 시집마저 나를 비웃는 것 같았다.

그렇게 나의 여름은 지나갔다. 시작은 했으나 끝내지 못한 사랑, 아니 어쩌면 시작도 못 한 사랑을 해서인지 시집을 자꾸 읽게 되었다. 시집을 읽다 보니 좋은 점이 딱 하나 있기는 했다. 전국 연합 모의고사를 볼 때 시 부분부터 풀게 되더라는 것이다. 문제를 풀기 위해서가 아니고 시를 감상하는 기분으로 문제를 푼다고나 할까.

나는 아무렇지 않은 척하며 여름을 보냈다. 그리고 9월 말, 2학기 중간고사 기간이 돌아왔다. 나는 1학기에 대략 4등급 정도 내신을 받았다. 국어만 1등급이었다. 이게 다 첫사랑의 부작용 때문이라니, 이걸 웃어야 하나 울어야 하나. 엄마의 소원이 전철 타고 대학교 다니는 것이니, 나는 예전과 다르게 조금 더 비장한 마음으로 공부를 했다.

드디어 2학기 중간고사가 다가왔다. 9월 마지막 날. 시험 전날이라 1교시부터 7교시까지 선생님들이 내리 자습을 하라고 했다. 나는 솔에게 역사와 국어를 알려 주고, 솔은 나에게 과학을 알려 주었다. 우리 둘은 묻고 답하기를 하며 공부했다. 그런데 하루 종일 가인이가 엎드려 있는 게 자꾸 눈에 걸렸다. 나는 솔에게 넌지시 물었다.

"쟤 왜 저래?"

솔이 이리저리 여자애들에게 뭔가를 묻고 다니더니 나에게 속삭였다.

"웬일이야. 쟤네 대판 싸우고 완전히 헤어졌대."

우리 아빠 허황달 씨가 일찍이 아련한 눈빛으로 '첫사랑이 잘 살면 배가 아프고, 첫사랑이 못 살면 가슴이 아프더라.'라는 말씀을 하신 적 있다. 시험 기간인데도 하루 종일 엎드려 있을 정도로 힘들어 하고 있는 가인을 보자니, 가슴 한편이 아려 왔다. 하지만 나는 애써 신경을 끄고, 전국의 고등학교 1학년을 몸부림치게 만들어 주신 정철 조상님이 쓴 「관동별곡」을 해석했다.

그날 밤, 10시쯤 나는 집 책상 앞에 앉아서 다시 국어 자습서를 펼쳐 놓았다. 과학이 정말 걱정되는데, 그나마 자신 있는 국어만 계속 파는 이 심리는 뭘까? 정철이 온갖 허세를 부리며 금강산에서 동해로 출발하는 곳까지 해석을 하고 있는데, 갑자기 핸드폰이 울렸다. 나는 화면을 보고 눈이 커다래졌다. 가인이였다. 여태까지 가인이가 나에게 먼저 카톡을 보낸 적은 한 번도 없었다. 그동안은 내가 무엇을 물어보면 가인이가 내 질문에 친절하게 대답해 주는 식이었다. 마치 나는 연예부 기자, 가인이는 연예인 같다고나 할까. 그런데 이번에는 가인이가 먼저 연락을 한 것이다.

─ 허단, 뭐 해?

맛깔난 미끼를 보자마자 냉큼 문 잉어처럼, 나는 가인의 문자에 번개처럼 답했다. 몇 달 만의 가인의 연락이 반가웠고 서운함에 울컥했다. 아, 나는 원래 이렇게 잘 우는 인간이었구나. 또다시 목이 메어 왔다.

─ 뭐 하긴. 낼 시험인데 공부하고 있었지. 넌 어디야?

다시 예전으로 돌아간 것 같아 감격스러웠다.

─ 응. 나 독서실 앞 편의점이야. 친구 기다리고 있어.

─ 뭐야. 벌써 10시 넘었는데, 얼른 집에 들어가.

─ 와서 맛있는 거 사 주라.

나는 내 눈을 의심했다. 가인이 이렇게 밖으로 날 불러낸 적은 처음이니까. 나는 바로 옷을 차려입었다. 키 높이 운동화를 장착한 후, 공간 이동하듯 달려갔다. 가인은 편의점의 환한 불빛을 받으며, 라면 먹는 선반 앞에 앉아 있었다. 나를 보며 보름달처럼 환하게 웃었다. 그 예전 음악 시간에 내가 라일락 잎을 들었을 때 가인이 나에게 보냈던, 마음을 무장 해제시키는 마력의 미소였다. 그 미소에 난 다시 거미줄에 꽁꽁 묶인 한 마리의 파리처럼 마음이 묶이고 말았다. 나는 가인에게 따뜻한 스타벅스 카페라테를 사 주고, 시험에 대한 걱정을 잠깐 나누고 돌아왔다. 말라 버린 줄 알았던 '설렘 저수지'에서 다시 설렘들이 봇물 터지듯 터져 나왔다. 정철이 북두칠성을 국자 삼아 바닷물을 술 삼아 퍼 먹었다고 해도 웃음만 났다. 글자들이 더 이상 눈에 들어오지 않았다. 가인이와 사귈 수만 있다면 성적이 대수냐 싶었다. 하하, 온 천하에 임금님의 은혜가 아니 비춘 데 없죠? 제게도 가인의 은혜가 달처럼 빛나고 있네요.

다음 날 아침, 씻으러 가려다 혹시나 가인의 연락을 놓칠까 봐 걱정되었다. 서랍을 뒤져, 방수 팩을 찾아냈다. 방수 팩에 핸드폰을 넣어 세탁기 위에 두었다. 머리를 감는데, 드르륵 소리가 났다. 머리를 감다 말고, 핸드폰을 들여다보았다. 눈에 샴푸가 들어가 따끔거렸다.

– 시험 잘 봐.

가인의 메시지였다. 가슴이 벅찼다. 머리에서 샴푸가 줄줄 흘러 티셔츠가 젖는 줄도 모르고 히죽 웃었다. 그리고 확신했다. 가인이가 잘생기고 매력적인 남자 친구를 만나니 신경 쓸 것이 많아 힘들었구나. 나처럼 자기를 사랑해 주는 사람을 만나고 싶어 하는구나.

그날 밤에도, 가인이가 카톡을 보내 내 마음을 온통 흔들어 놓았다. 시험 두 번째 날 과목은 수학과 윤리였다. 하지만 수학 책만 펴면 함수 그래프 위로 가인이의 웃는 모습이 아른거렸고, 윤리 책을 펴면 장자 사진 옆의 나비가 가인의 얼굴로 변해 날아다녔다.

다음 날은 개천절이자 토요일이었다. 토요일에는 가인이가 먼저 나에게 전화를 했다. 그러고는 한문, 영어 과목에서 시험에 나올 것 같은 내용을 서로 묻고 답하며 공부했다. 이제 한문

과 영어라는 과목은 성적을 떠나 나에게 의미 있는 과목이 되어 버렸다.

이렇게 시험 기간이 지나고 중간고사를 마쳤다. 채점을 해 보니 지난번보다 평균 10점은 떨어진 것 같았다. 가인이 탓에 시험 기간 내내 가슴이 설레서 잠도 설치고, 공부하는 내용도 하나도 머리에 들어오지 않은 탓이었다. 시험 볼 때도 몽롱한 상태로 마킹을 해서 마킹 실수도 몇 개 했다. 이러다간 내신 평균이 팍팍 떨어질 것 같았다. 수학, 과학, 한문 이 세 과목은 다른 애들 점수와 비교해 보니 모두 7등급을 찍을 것 같은 예감이 들었다. 그럼 솔이 "잭팟(777) 터졌다!"며 놀리겠지. 하지만 가인과 잘되기만 한다면, 성적이 무슨 대수냐 싶었다. 시험을 마치고 집에 가려는데 솔이 생글거리며 나에게 다가왔다. 시험지 채점을 끝낸 아이들이 썰물처럼 빠져 나가고 빈 교실에 솔과 나, 둘만 남았다. 솔이 들뜬 얼굴로 자기 몸통만 한 쇼핑백을 책상 위에 올려놓았다.

"오늘 나 장이 만난다."

"잘됐네. 걔도 오늘 시험 끝날걸?"

"오늘이 장이랑 150일째 되는 날이거든."

"난 장이가 너 같은 스타일 좋아할지 몰랐어. 맨날 날라리처럼 생긴 애들하고 놀고 그러던데. 암튼 축하한다."

"나 커플 후드 티 샀는데, 이거 장이한테 맞을지 네가 한번 봐 줘."

솔이 쇼핑백에서 남색 상자 하나를 꺼냈다. 상자 안에는 회색 후드 티가 잘 접혀 있었다.

"사이즈가 100은 되어야 할 걸? 어떨 땐 105도 입던데?"

내 대답을 듣는 둥 마는 둥 솔은 후드 티를 펼쳐서 나에게 대 보았다. 후드 티 밑단이 내 허벅지 중간까지 내려왔다.

"맞겠네."

솔이 나와 후드 티를 번갈아 살펴보더니 말했다. 나는 쇼핑백 안의 커다란 상자를 슬쩍 열어 보았다. 핑크색 상자 안에는 초코바, 과자, 사탕 같은 먹을 것이 가득 들어 있었다. 몇 만 원어치는 되어 보였다. 나는 초코바 하나를 냉큼 집어 들었다.

"나 이거 하나만."

"안 돼. 다 우리 짱이 거란 말이야."

솔이 갑자기 혀 짧은 소리를 하면서 내 손에 있는 초코바를 뺏어 갔다.

"친구보다는 사랑이란 거지?"

A4 용지만 한 핑크색 편지 봉투도 눈에 띄었다. 여자애들이 남자 친구에게 주려고 교실 문짝만 한 편지지에 가득 뭘 채워 쓰는 걸 보고 깜짝 놀란 적 있는데, 솔도 그 짓을 한 것 같았다. 내가 편지를 들어서 뜯어보려는 시늉을 하자, 솔은 편지를 뺏어서 자기 가방에 넣었다. 솔은 기대에 찬 표정으로 교실 문을 나 갔다. 나는 솔을 불러 이번 시험 기간 내내 가인과 연락한 걸 말 하려다 그만두었다.

집에 가서 침대에 벌렁 누웠다. 베개 밑이 불편해서 손을 넣어 보니 웬 시집 하나가 나왔다. 시험 기간 전에 도서관에서 빌린 시집이었다. 『온다던 사람 오지 않고』가 제목이었다. 나는 웃으면서 시집을 책상 위로 휙 던졌다. 이젠 저런 우울한 시집은 읽지 않으리라. 하, 하, 하! 그러고 보니 오늘 아침에는 가인에게서 연락이 없었다. 나는 먼저 카톡을 남겼다.

－가인아, 시험 잘 봤어? 난 오늘 완전 망했어.

가인이가 10분쯤 지나 답장을 했다.

－나도. 영어가 너무 어려웠어. 이제 영어 샘 미워할 거야. 흑흑.

나는 용기를 냈다.

－저기, 가인아, 이따 5시에 장미 공원으로 나올래? 할 말이 있어.

－뭔데?

－이따가 말할게.

－응. 5시에 갈게.

얼른 욕실로 가서 정성 들여 씻고, 여드름 전용 비누로 세안도 하고 양치도 깨끗이 오래오래 했다. 나는 4시가 되기도 전에 약속 장소로 달려갔다. 시 하나를 중얼거리면서.

종종걸음2)

---

2) 신형건, 「종종걸음」, 『별에서 별까지』(푸른책들, 2016)

너를 찾아가는 길,

마음이 저만치 내달아 가서

빨리 오잖구!
빨리 오잖구!

손 흔들어 막 재촉하니
어쩌겠어

미련한 두 발이야
종종걸음 칠 수밖에.

나는 초조하게 가인을 기다렸다. 시계가 고장 난 게 아닐까 의심될 정도로 시간이 더디 갔다. 벌 받고 있는 듯한 기분이었다. 그러나 이렇게 황홀한 기분으로 받는 벌이 있다면 그 벌, 한 번은 받을 만하다는 생각도 들었다.

수십 번 시계를 들여다본 후에야, 5시가 되었다. 가인이 오지 않았다. 5시 10분이 되었다. 가인은 여전히 오지 않았다. 나는 가인이 장미 공원 말고 도당산 정문에서 기다리나 싶어 계속 정문까지 왔다 갔다 했다. 어느덧 5시 40분이 되었다. 나는 양손을 비비며 장미 공원 입구만 뚫어져라 바라보았다.

가인에게 전화를 했지만, 연락이 되지 않는다는 안내 음성만 나왔다. 슬슬 걱정이 되었다. 6시가 되었다. 혹시 사고가 난 건 아닐까, 너무 예뻐서 오다가 납치당한 건 아닐까. 온갖 추측을 해 보았다.

갑자기 부르르 핸드폰이 떨렸다. 솔이였다. 솔이 흐느끼는지, 말소리가 자주 끊겼다.

"야, 허단! 어떻게…… 장이가 그럴 수 있어. 장이를 점심때 만나서…… 선물 줬거든. 걔가 고맙다고 받아 갔어. 걔 선물 하나도 준비 안 했더라. 서운하긴 했지만…… 그건 괜찮아. 그리고 자기는 급한 일 있다면서 휙 가 버렸어. 근데…… 내가 장이한테 줄 편지를 가방에 두고 나와서 걔네 학원으로 찾아갔거든. 그랬는데 장이가 웬 여우 같은 애 하고…… 팔짱 끼고, 시시덕거리다가 나랑 마주친 거야. 장이가 원래 내가 자기 스타일 아닌데 나 같은 여자 스타일이 너무 신기해서 호기심에 만났다고 하더라……. 엉엉. 자기는 그 여우 같은 애를 사랑한대. 아까 내가 준 후드 티 입고 쌩하니 가 버리더라. 자기는 잊어 달래. 엉엉."

둘이 키스도 한 거로 알고 있는데, 아무리 내 동생이지만 장이는 정말 나쁜 놈이다. 솔과 전화를 끊자마자 핸드폰이 울렸다. 가인이 보낸 카톡 메시지였다.

─ 단아, 미안. 중요한 일이 생겨서 오늘 못 나갈 거 같아. 미안해. 오늘 할 말 있다는 거 담에 만나서 얘기해 줘.

온몸에서 힘이 쭉 빠졌다. 혹시나 하는 생각에 가인의 페이스북에 들어가 보았다.

백가인 님이 새로운 사진 10장을 추가했습니다.

– 민준기 님과 함께. 홍대 맛집에서. 준기야~ 이젠 싸우지 말자.

나는 허탈감에 털썩 자리에 주저앉았다. 허허, 괜히 웃음도 났다. 바로 솔에게 전화를 걸었다. 솔이 코맹맹이 소리로 전화를 받았다.

"솔아, 만나자!"

솔과 광마사거리에 있는 카페에서 만났다. 둘 다 땅이 꺼져라 한숨을 쉬었다. 우리는 상대방을 대신해서 장이와 가인이 욕을 해 주었다.

"솔아, 장이가 내 동생이긴 하지만 걘, 쓰레기야. 너한테 과분한 놈이었어."

"허당, 가인이 걔도 널 가지고 장난친 거야. 자기 얼굴만 믿고 어장 관리하는 나쁜 년."

나는 카운터에서 카페 테이블에 까는 종이 두 장과 볼펜 두 개를 빌려 왔다.

"솔아, 그래도 우리 열심히 걔네를 좋아하고 최선을 다해 사랑했잖아. 이제 보내 주자. 마포 대교에 가서 우리 첫사랑의 유서를 날리자. 난 이상하게 복받쳐 오르면서도 시원섭섭해. 여기에 걔한테 쓰고 싶은 말 다 써."

솔은 고개를 끄덕이며 종이에 뭐라고 끄적거렸다. 하긴, 교실 문짝만 한 종이에다가 편지를 쓰는 애니 오죽 할 말이 많겠는가. 물끄러미 그 모습을 바라보았다. '이 거지발싸개 같은 놈아. 사람 마음 가지고 장난치지 마라. 걸어가다가 뒤로 넘어져도 코가 깨져라. 그 여자애 완전 화장발인 거 알고 있지.'라고 쓰고 있었다. 솔은 대입 논술 고사를 보는 것처럼 진지하게 나머지 면도 채우고 있었다. 나도 조용히 종이에다 무언가를 끄적거렸다.

여기까지 내가 이야기를 마치자 인디언 추장 아저씨는 흠흠, 헛기침을 했다. 우리에게 어서 '첫사랑의 유서 머시기'를 날리고 오라고, 힘내라고 했다. 내 등을 두 번 톡톡 두드려 주더니 다리 저쪽 어둠 속으로 사라졌다. 솔은 나무 난간에 기대자마자 또다시 울음을 터뜨렸다.

"야, 허장! 잘 먹고 잘 살지 마라."

솔은 흐느끼면서 종이비행기를 날렸다. 솔은 가방 안에서 커플 티로 맞춘 회색 후드 티와 편지를 꺼냈다. 그것들을 잠시 바라보더니 다리 밑으로 던졌다. 나도 말 없이 종이비행기를 날렸다. 종이비행기는 시 한 편을 싣고 어둠 속을 기우뚱하게 날았다.

이 별3)

이별은
별이 되는 것

이 한 칸 띄우고 별
한 칸, 그래
한 걸음 멀어졌을 뿐이다

그 별도 아니고
저 별도 아니고

내 가장 가까운 곳에서
빛나는 별

너는 나의
별이 되었을 뿐이다

'잘 가, 내 첫사랑!'
나는 종이비행기를 향해 조용히 손을 흔들었다. 마침내 어둠

---

3) 이장근, 「이 별」, 『나는 지금 꽃이다』 (푸른책들, 2013)

과 강물이 내 첫사랑을 삼켜 버렸다. 접히지 않는 **빳빳한** 마분지를 접듯, 이젠 내 마음을 접어야 할 때다. 톡 차오른 눈물 같은 별똥별 하나가 검푸른 밤하늘에서 주르륵 흘러 떨어졌다.

우리 모두의 사랑 충만한 인생을 응원하며

13년 전, 저는 경기도 한 고등학교로 첫 발령을 받았습니다. 그 시절 아이들에게는 '커플 문화'라는 게 거의 없었습니다. 솔로를 흉이라고 생각하지도 않았습니다. (그 아이들 중 많은 이들이 아직도 모태 솔로라는 슬픈 전설이…….) 아이들은 좋아하는 친구에게 호감을 표현하기도 하고 누군가와 사귀기도 했지만, 지금 아이들처럼 사랑에 적극적으로 관심을 표현하지는 않았습니다.

그 후 저는 오랫동안 중학생들과 지내다가 2년 전, 한 고등학교로 오게 되었습니다. 다시 만난 열일곱 살 청춘들은 예전의 아이들과 달랐습니다. 학교는 실로 사랑으로 가득 차 있었습니다. 아이들은 수행 평가 시간에 좋아하는 친구에게 깜짝 고백을 하기도 했고, 저에게 자신들의 이야기를 들려주며 연애 상담을 요청하기도 했습니다. 저는 현재 고등학생들이 느끼는 감정이 제가 이십 대에 느꼈던 감정과 크게 다르지 않음을 알고 깜짝 놀랐습니다. 아이들은 사랑을 표현하는 방법, 사랑을 가꾸는 방법, 이별 후 대처법 등을 궁금해했습니다. 이들의 이야기와 고민을 들으면서, 저는 청소년들과 함께 나누고 싶은 사랑 이야기를 써 보겠노라 마음먹었습니다.

학교 앞에 벚꽃이 활짝 피자, 아이들은 벚꽃을 같이 보러 갈 사람이 없다며 엄청나게 심란해했습니다. 그 모습을 보며 꽃보다 아름다운 솔로 제자들을 위로하기 위해 '본격 모태 솔로 탈출 지침서'인 「연애 세포 핵분열 중」을 썼습니다. 그게 이 책의 시작이었습니다.

일부 어른들은 청소년들에게 '대학 가려면 친구도 끊어야 한다.'며 공부만을 강요합니다. 대학에 가서도 취업하기 위해 친구를 사귀지 않고 혼자 밥 먹고 공부하는 '혼밥족', '혼공족'도 많다고 합니다. '관계'를 무시하고 '스펙'만을 강요하는 세상 탓이겠지요. 그래서인지 '공부 잘하는 법', '성공하는 법'에 관한 책이나 영상은 넘쳐 나지만, '타인을 사랑하는 법'에 관한 정보는 찾기 힘듭니다. 미디어에서 흘러나오는 자극적인 이야기들이나 또래 친구들 이야기 외에는, 청소년들이 사랑과 이별을 접해 볼 기회가 많지 않습니다.

우리나라 많은 청소년들은 친구를 경쟁자 삼아 하루에 여덟 시간 이상 책상 앞에 앉아 공부합니다. 일 년에 네 번씩 꼬박꼬박 시험도 보고, 수능 모의고사도 봅니다. 이렇게 해도 공부를 잘하는 것은 쉽지 않습니다. 그러나 긴 인생을 사는 동안, 누군가를 진정으로 사랑하며 사는 일은 더더욱 쉽지 않습니다. 아름다운 사랑을 위해서도 많은 공부와 연습이 필요합니다. 이 책에 실린 여섯 편의 단편은 모두 '사랑의 모의고사' 같은 이야기들입니다.

이 책의 주인공들은 사랑에 서툽니다. 그래서 자기도 아프고 때로는 상대방도 아프게 합니다. 그중에서도 저는 '데이트 폭력'에 관한 이야기를 꼭 하고 싶었습니다. 현실에서도 '데이트 폭력'이 '사랑'이라는 이름으로 많이 일어나고 있으니까요. 저는 이 이야기를 통해 모든 관계의 시작은 상대방을 존중해 주는 것임을 말하고 싶었습니다. 해용이도 언젠가는 이 사실을 알게 되겠지요?

이 책의 주인공들은 솔로 탈출을 위해 몸부림치기도 하고, 친구의 여자 친구를 좋아하기도 합니다. 사랑을 통해 마음의 위안을 얻기도 하고, 어느 순간 성 정체성을 깨닫기도 합니다. 마음 아프지만 그동안 쏟아부었던 사랑의 감정을 접으려고 노력하기도 합니다.

전 이들 모두가 참 사랑스럽습니다. 모두 자기 앞에 놓인 사랑에 풍덩 뛰어든 용기 있는 아이들이니까요. 이 아이들은 사랑이라는 감정에 항상 솔직하고자 했던 지난날 제 모습이기도 하고, 사랑을 배워 나가는 우리 모두의 모습이기도 할 테지요.

여러분도 이 책의 주인공들처럼 마음에 드는 친구가 있으면 거침없이 다가가 보는 게 어떨까요? 좌충우돌 좀 하면 어때요.

하지만 이런저런 이유로 그렇게 하지 못하는 친구들이 더 많겠지요? 그렇다면 그냥 이 책을 재미나게 한번 읽어 주세요. 훗날 여러분의 인생을 뒤흔드는 사랑을 만났을 때, 이 책이 아주 조금이라도 도움이 된다면 기쁘겠습니다.

그리고 그거 아세요? 남의 사랑 이야기를 듣는 것도 재미있지만, 내가 사랑에 빠져서 남에게 내 이야기를 들려줄 때가 더 재미있다는 걸. 다음에 저를 만나면 여러분의 사랑 이야기를 들려주실래요?

끝으로 이 책이 나올 수 있게 도움을 주신 모든 분께 진심으로 감사하다는 말씀을 전하고 싶습니다. 그분들을 만난 게 제 인생의 행운입니다.

여러분의 친구가 되고 싶은 작가
김은재

〈푸른도서관〉에서 만나는 새로운 작가의 풋풋한 첫 성장소설

김 은 재

1979년 전남 순천에서 태어났으며, 연세대학교에서 국어국문학과 영어영문학을 공부했다. 현재 부천의 한 고등학교에서 국어를 가르치고 있다. 2015년 제13회 푸른문학상 '새로운 작가상'을 수상했으며, 지은 책으로 『연애 세포 핵분열 중』이 있다.

푸른도서관

푸른도서관은 '10대에서 20대까지' 눈부신 성장을 거듭하는
'푸른 세대'를 위한 본격 문학 시리즈입니다.
이금이 작가의 대표작인 「유진과 유진」을 비롯하여
푸른문학상 수상작 「똥통에 살으리랏다」, 「스키니진 길들이기」 등
당대 청소년들의 현실을 생생하게 반영한 성장소설과
「화랑 바도루」, 「에네껜 아이들」 등 다양한 시대상을 반영한 역사소설,
청소년시집 「악어에게 물린 날」, 「그래도 괜찮아」
그리고 흥미진진한 판타지에 이르기까지
국내 작가들이 공들여 창작한 감동적인 작품들을
푸른도서관에서 더 만나 보세요!

1. 뢰제의 나라 강숙인 지음

교통사고로 가사 상태에 빠진 열두 살 소년이 저승사자의 손에 이끌려 저승인 '뢰제의 나라'를 여행하면서 벌어지는 모험담을 담은 판타지소설.

★ 윤석중문학상 수상작 ★ 동화읽는가족 추천도서

2. 아버지가 없는 나라로 가고 싶다 이규희 지음

아픈 결핍의 가족사를 벗어던지고 마침내 더 너른 세상을 향해 나아가는 소녀를 통해 성장의 의미를 곰곰이 곱씹게 해 주는 가슴 뭉클한 성장소설.

★ 세종아동문학상 수상작가

3. 까망머리 주디 손연자 지음

좋아하는 남학생에게 외모에 대한 조롱 섞인 말을 듣고, 입양아인 자신이 미국 사회의 이방인이라는 사실을 깨닫는 사춘기 소녀 주디가 정체성을 찾아가는 이야기.

★ 책따세 추천도서 ★ 학교도서관사서협의회 추천도서 ★ 부산광역시교육청 독서인증제 권장도서

4. 이삐 언니 강정님 지음

일제 강점기 말과 해방 공간을 시간적 배경으로 밤나무정 마을에 사는 '복이'라는 여자아이의 삶의 비밀을 하나하나 알아가는 과정을 그린 아름다운 연작소설집.

★ 서울시교육청 교과별 권장도서 ★ 한우리독서토론논술 필독도서 ★ 한국아동문예상 수상작

5. 너도 하늘말나리야 이금이 지음

미르와 소희, 바우는 각자의 상처를 속으로 감추고 괴로워하다 서로를 알아본다. 서로의 상처를 보듬어 주는 순간, 상처에는 새살이 돋고 아이들은 비로소 성장하게 된다.

★ 중학교 〈국어〉 교과서 수록 ★ 책따세 추천도서 ★ 〈중앙일보〉 좋은책 100선 선정도서

6. 내 이름엔 별이 있다 박윤규 지음

1970년대라는 한국 사회의 정치적·사회적 격동기를 배경으로 성장해 나가는 사춘기 소년의 삶을 통해 2000년대의 우리가 잊고 지냈던 '꿈'과 '희망'을 다시 한 번 환기시켜 준다.

★ 서울시립어린이도서관 추천도서

7. 토끼의 눈 강정규 지음

한국 전쟁을 배경으로 한 세 편의 이야기를 엮은 소설집. 작품 속에 총소리나 죽음은 등장하지 않지만, 천진한 아이들의 눈으로 바라본 전쟁이 숨이 막힐 듯 가깝게 다가온다.

★ 세종아동문학상 수상작 ★ 아침독서 청소년 추천도서

8. 화랑 바도루 강숙인 지음

부모님을 일찍 여읜 바도루가 김충현 장군 밑에서 생활하며 그의 자제인 경천과 함께 피나는 노력과 뜨거운 우정을 나누며 꿈에 그리던 화랑이 되는 이야기를 그린 본격 역사소설.

★ 동화읽는가족 추천도서

9. 유진과 유진 이금이 지음

어린 시절 함께 성추행을 당한 동명이인 '유진과 유진'의 각각 다른 성장 과정을 통해 청소년의 심리를 아주 세밀하게 보여 주는 이금이 작가의 청소년소설.

★ 책따세 추천도서 ★ 어린이도서연구회 청소년 권장도서 ★ 학교도서관저널 선정 성장소설 50선

10. 마사코의 질문 손연자 지음

일본인 소녀의 입으로 일본인의 죄를 묻는 이야기. 일제 강점기에 우리 민족이 겪은 온갖 수난을 생생하고 절실하게 그려 낸 9편의 작품이 실려 있다.

★ 세종아동문학상 수상작   ★ SBS 어린이미디어대상 수상작   ★ 한우리독서토론논술 필독도서

11. 아, 호동 왕자 강숙인 지음

비극적 사랑의 대명사 호동 왕자와 낙랑 공주. 그들이 정말 사랑하는 사이였는가에 대한 의문으로 시작된 역사소설. 우리가 알고 있던 이야기를 뒤집어 전혀 새로운 시각을 제시한다.

★ 한우리독서토론논술 필독도서   ★ 서울독서교육연구회 추천도서   ★ 책읽는교육사회실천협의회 추천도서

12. 길 위의 책 강미 지음

'책'을 통해 자연스럽게 자신의 고민과 방황을 해결하고 상처를 치유해 나가는 여고생들의 이야기를 잔잔하게 그렸다. 청소년들을 위한 성장소설들이 '책 속의 책'으로 가득 담겨 있다.

★ 제3회 푸른문학상 수상작   ★ 책따세 추천도서   ★ 문화체육관광부 우수교양도서

13. 느티는 아프다 이용포 지음

'지금 여기'의 '가장 낮은 곳'을 이야기하는 성장소설. 독자들에게 이웃을 바라보는 시선을 바꾸고 존재의 소중함을 돌아볼 수 있는 시간을 마련해 준다.

★ 한국문화예술위원회 우수문학도서   ★ 평화박물관 선정 청소년 평화책

14. 발끝으로 서다 임정진 지음

베스트셀러 『행복은 성적순이 아니잖아요』의 임정진 작가가 펴낸 청소년소설. 낯선 땅으로 홀로 유학을 떠난 주인공을 통해 조기 유학생활의 어려움과 외로움을 절절하게 그렸다.

★ 책따세 추천도서

15. 마지막 왕자 강숙인 지음

역사의 그늘에 가려져 있던 인물이자 신라의 마지막 왕인 경순왕의 아들 마의태자를 주인공으로 한 역사소설로, 그의 새로운 영웅적 면모를 보여 준다.

★ 〈중앙일보〉 좋은책 100선 선정도서   ★ 어린이도서연구회 청소년 권장도서

16. 초원의 별 강숙인 지음

마의태자를 주인공으로 한 『마지막 왕자』의 후속작. 사라져 버린 나라를 그리워하던 주인공 새부가 광활한 만주 대륙에서 아버지의 꿈을 이루는 과정을 흥미진진하게 그리고 있다.

★ 동화읽는가족 추천도서

17. 주머니 속의 고래 이금이 지음

가슴속에 품고 있는 꿈을 찾기 위해 노력하는 열다섯 살 아이들에 대한 이야기이다. 저마다 꿈을 좇는 과정에서 실패와 좌절을 겪지만 다시 씩씩하게 일어나는 모습을 보여 준다.

★ 중학교 〈국어〉 교과서 수록   ★ 아침독서 청소년 추천도서   ★ 대한출판문화협회 올해의 청소년도서

18. 쥐를 잡자 임태희 지음

원치 않는 임신을 한 여고생의 이야기로 성에 대해 여전히 취약한 우리 청소년의 현실을 돌아보고 위험성을 인식하게 만든다. 동시에 대책 마련이 시급하다는 사실을 새삼 일깨운다.

★ 제4회 푸른문학상 수상작   ★ 아침독서 청소년 추천도서   ★ 어린이도서연구회 청소년 권장도서

19. 바람의 아이 한석청 지음

우리나라 아동청소년문학 최초로 발해를 소재로 한 장편역사소설. 고구려 멸망 뒤 옛 고구려 지역에 살던 이들의 비참한 삶과 나라를 되찾고자 하는 투쟁을 생생하게 그려 냈다.

★ 한우리독서토론논술 필독도서   ★ 책읽는교육사회실천협의회 추천도서

20. 베스트 프렌드 이경혜 외 지음

사춘기를 지나 성숙한 남녀로 성장하는 과정에 놓인 청소년들의 심리 변화를 섬세하게 그린 표제작을 비롯해 현실적인 청소년들의 한계와 모순을 그린 5편의 단편소설을 엮었다.

★ 어린이도서연구회 청소년 권장도서

21. 리남행 비행기 김현화 지음

봉수네 가족이 북한을 탈출해 리남행 비행기에 오르기까지의 여정이 긴장감 있게 그려져 있다. 온갖 역경 속에서도 인간애와 가족애를 잃지 않는 모습이 진한 감동을 선사한다.

★ 제5회 푸른문학상 수상작   ★ 책따세 추천도서   ★ 한국문화예술위원회 우수문학도서

22. 겨울, 블로그 강미 지음

자신만의 길을 찾아가는 청소년들이 종횡무진 활동하는 네 편의 작품을 담았다. 청소년들의 일상을 정확하고 섬세하게 묘사하여 그들이 나아갈 수 있는 길을 오롯이 보여 준다.

★ 문화체육관광부 우수교양도서   ★ 아침독서 청소년 추천도서   ★ 한국출판인회의 선정 이달의 책

23. 네가 하늘이다 이윤희 지음

1894년 동학 농민 운동을 배경으로 새로운 세상을 꿈꾸었지만 결국 이름조차 남기지 못하고 스러져 간 농민군의 이야기를 감동적으로 그려 낸 대하역사소설.

★ 아침독서 청소년 추천도서   ★ 한국어린이문화대상 수상작

24. 벼랑 이금이 지음

원조 교제, 첫 키스, 협박, 폭력……. 거친 현실의 이면에 감춰진 청소년들의 내면을 섬세하게 다루고 있는 이금이 작가의 연작청소년소설.

★ 한국문화예술위원회 우수문학도서   ★ 아침독서 청소년 추천도서   ★ 네이버 북리펀드 선정도서

25. 뚜깐뎐 이용포 지음

서기 2044년, 한국에서 영어 공용화 법안이 통과된 뒤 영어가 일상어로 자리를 잡은 때와 한글이 박해를 받던 연산군 시절을 오가며 현대인들에게 진지한 성찰의 기회를 제공한다.

★ 아침독서 청소년 추천도서   ★ 대한출판문화협회 올해의 청소년도서   ★ 〈중앙일보〉 선정 이달의 책

26. 천년별곡 박윤규 지음

천 년의 시간을 애증과 그리움으로 버틴 주목나무의 이야기를 절제된 감성으로 그린 작품. 시 형식을 차용한 소설인 '시소설'이란 신선한 장르에 애절한 정서를 잘 녹여 냈다.

★ 한우리가 선정한 좋은 책

27. 지귀, 선덕 여왕을 꿈꾸다 강숙인 지음

지귀 설화 속에 숨어 있는 선덕 여왕 이야기를 담은 역사소설. 지귀와 선덕 여왕, 김춘추와 김유신 등 시대의 격랑에 휘말린 이들의 삶과 사랑이 독자들의 가슴속에 파고든다.

★ 책따세 추천도서   ★ 네이버 북리펀드 선정도서   ★ 아침독서 청소년 추천도서

28. 청아 청아 예쁜 청아 강숙인 지음

〈심청전〉을 현대적으로 재해석한 소설. 새로운 시각의 심청과 서해 용왕 그리고 그의 아들을 등장시켜 '보이지 않는 사랑 이야기'를 통해 참다운 사랑의 의미를 되새기게 한다.

★ 한국출판인회의 선정 이달의 책　★ 중앙독서교육 선정도서

29. 살리에르, 웃다 문부일 외 지음

'엄친아'와의 비교에 시달리며 자신을 '살리에르'라 믿는 청소년들에게 건네는 '꿈'에 관한 다섯 가지 이야기. 꿈을 향한 청소년들의 힘차고도 아름다운 몸부림이 담겼다.

★ 제6회 푸른문학상 수상작　★ 아침독서 청소년 추천도서　★ 학교도서관사서협의회 추천도서

30. 사라지지 않는 노래 배봉기 지음

세계적 미스터리의 하나인 이스터 섬 모아이 석상의 비밀을 소재로 인간의 파괴적 욕망과 그것을 극복했을 때 찾을 수 있는 평화를 보여 준다.

★ 문화체육관광부 우수교양도서　★ 네이버 북리펀드 선정도서　★ 국립어린이청소년도서관 추천도서

31. 김홍도, 조선을 그리다 박지숙 지음

김홍도의 그림을 통해 그의 삶을 다룬 연작으로, 작가 특유의 상상력과 깊이 있는 통찰력으로 '인간 김홍도'의 삶을 생생하게 되살려낸 본격 역사소설이다.

★ 문화체육관광부 우수교양도서　★ 〈소년조선일보〉 추천도서　★ 아침독서 청소년 추천도서

32. 새가 날아든다 강정규 지음

한국 전쟁을 직접 경험한 세대가 전쟁과 분단과 이산이라는 문제를 다른 시각에서 조명한 작품. 역사의 굴곡을 넘어 당대의 사람들이 더불어 살아가는 이야기를 일곱 편의 소설에 담았다.

★ 아침독서 청소년 추천도서

33. 에네껜 아이들 문영숙 지음

구한말 멕시코의 낯선 농장으로 이주한 조선 사람들이 노예처럼 일하며 온갖 고난과 수모를 당하지만 불굴의 의지로 희망의 새로운 터전을 마련한 내용을 담은 역사소설.

★ 책따세 추천도서　★ 대한출판문화협회 올해의 청소년도서　★ 아침독서 청소년 추천도서

34. 밤나무정의 기판이 강정님 지음

1950년대를 배경으로 소년 기판이의 각별하고도 애틋한 성장과 모험과 죽음을 다룬 이야기. 작가 특유의 입담과 사투리에 실린 당시의 일상과 풍속이 눈앞에 생생하게 되살아난다.

★ 한국문화예술위원회 우수문학도서　★ 대한출판문화협회 올해의 청소년도서　★ 아침독서 청소년 추천도서

35. 스쿠터 걸 이은 지음

질풍노도의 시기인 청소년기의 한복판에 서 있는 열다섯 살 중학생들을 본격적으로 등장시킴으로써 중학생들의 삶을 밀도 있게 그려 낸 청소년소설집.

★ 한국간행물윤리위원회 우수청소년저작 당선작　★ 학교도서관저널 추천도서

36. 우리 반 인터넷 소설가 이금이 지음

거짓이 휘두르는 보이지 않는 폭력에 '진실'이 어떻게 왜곡되고 유배되는지를 청소년들의 생생한 세태 묘사와 치밀한 구성을 바탕으로 보여 준다.

★ 네이버 북리펀드 선정도서　★ 학교도서관저널 추천도서　★ 국립어린이청소년도서관 추천도서

37. 열네 살, 비밀과 거짓말 김진영 지음

습관적인 도둑질에 빠져들면서 비밀과 거짓말이 늘어나게 된 평범한 열네 살 소녀 하리가 다시 삶의 진실을 찾아가는 성장소설.

★ 한국간행물윤리위원회 청소년 권장도서   ★ 문화체육관광부 우수교양도서

38. 허황옥, 가야를 품다 김 정 지음

먼 바다를 건너 가야로 온 인도 아유타국 공주 허황옥의 삶을 조명하면서, 철을 바탕으로 국제 무역의 중심지로 자리했던 가야의 역사를 생생히 전하는 역사소설이다.

★ 학교도서관저널 추천도서   ★ 대한출판문화협회 올해의 청소년도서

39. 외톨이 김인해 외 지음

요즘 청소년들의 왜곡된 삶과 고민을 가감 없이 보여 주며, 그들의 정서적 긴장감과 내면적 따뜻함을 동시에 그리고 있는 세 편의 단편소설이 실려 있다.

★ 제8회 푸른문학상 수상작   ★ 국립어린이청소년도서관 사서 추천도서   ★ 아침독서 청소년 추천도서

40. 그래도 괜찮아 안오일 지음

현실의 부정과 좌절에 길항하는 청소년들의 고민을 진정성 있게 담아낸 청소년시집. 청소년들이 지닌 '생기'를 유감없이 보여 주며 긍정과 희망의 메시지를 전한다.

★ 한국간행물윤리위원회 우수청소년저작 당선작   ★ 한국문화예술위원회 우수문학도서

41. 소희의 방 이금이 지음

이금이 작가의 대표작 『너도 하늘말나리야』의 후속작. 달밭마을을 떠나 재혼한 친엄마와 재회해 새 가족의 일원이 된 열다섯 소희의 욕망과 아픔을 다룬 성장소설이다.

★ 한국문화예술위원회 우수문학도서   ★ 한겨레·예스24 선정 청소년책 30선

42. 조생의 사랑 김현화 지음

조선시대를 배경으로 청년 '조생'이 청나라에 파견되는 연행사로 길을 떠나 사랑과 우정, 정의, 신념 등 삶의 진리를 깨달아가는 과정을 그린 청소년 역사소설.

★ 서울시교육청 남산도서관 사서 추천도서   ★ 〈아침햇살〉 선정 좋은 청소년책

43. 아버지, 나의 아버지 최유정 지음

위탁가정에 맡겨진 열여섯 살 연수가 자신의 친아버지를 찾아 떠나는 여정을 통해 진정한 자아 정체성을 확립해 가는 과정을 밀도 있게 그렸다.

★ 한국문화예술위원회 우수문학도서   ★ 〈아침햇살〉 선정 좋은 청소년책

44. 타임 가디언 백은영 지음

타임 슬립이라는 장치를 통해 개인과 사회에서 일어나는 현실의 문제들을 조명하는 본격 청소년 SF소설. 시공간을 뛰어넘는 구성과 예측할 수 없는 독특한 상상력을 맛볼 수 있다.

★ 〈아침햇살〉 선정 좋은 청소년책

45. 분청, 꿈을 빚다 신현수 지음

고려 최고의 사기장의 아들인 강뫼가 왜구 침입과 왕조의 변혁 등 극한 시대 상황 속에서 분청사기를 만들기까지의 과정을 흡인력 있게 그린 역사소설.

★ 대한출판문화협회 올해의 청소년도서   ★ 아침독서 청소년 추천도서

46. 방울새는 울지 않는다 박윤규 지음

5·18이라는 역사적 사건을 배경으로 그려지는 명창 소녀 '방울'과 고수 '민혁'의 안타까운 사랑 이야기. 슬픈 현대사를 정면으로 바라보고 올바르게 판단할 수 있는 용기를 준다.

★ 학교도서관저널 추천도서　★ 한국문화예술위원회 우수문학도서

47. 악어에게 물린 날 이장근 지음

현직 중학교 교사인 시인이 청소년과 함께 호흡하면서 체험한 담백하고 직설적인 언어가 공감을 불러온다. 청소년들 질풍노도가 마음껏 활개 칠 수 있도록 기운을 북돋는 청소년시집.

★ 책따세 추천도서　★ 대한출판문화협회 올해의 청소년도서　★ 어린이도서연구회 청소년 권장도서

48. 찢어, Jean 문부일 지음

아르바이트, 집단 따돌림 등 청소년들이 공감할 수 있는 일곱 편의 이야기가 담겼다. 현실에 갇혀 사는 청소년들의 일탈을 유쾌하면서도 진정성 있게 담았다.

★ 아침독서 청소년 추천도서　★ 한국문화예술위원회 우수문학도서

49. 불량한 주스 가게 유하순 외 지음

실수와 시행착오를 반복하다가 돌연 성장의 분기점을 지나는 청소년들의 '오늘'을 포착했다. 좌절과 반성의 언어조차 싱그러운 청소년들을 응원하게 만드는 네 편의 단편소설 모음.

★ 제9회 푸른문학상 수상작　★ 아침독서 청소년 추천도서　★ 네이버 북리펀드 선정도서

50. 신기루 이금이 지음

엄마와 엄마 친구들과 함께 몽골 사막 여행을 떠난 열다섯 다인이가 보낸 6일간의 여정을 통해 또 다른 생명의 고리로 순환되는 모녀 관계에 대한 고찰을 여행기 형식으로 그렸다.

★ 네이버 북리펀드 선정도서　★ 서울시립어린이도서관 추천도서　★ 아침독서 청소년 추천도서

51. 우리들의 매미 같은 여름 한 결 지음

섭식장애를 앓고 있는 모녀, 성추행, 보이콧 등 청소년들이 겪는 지독하게 뜨겁고 아픈 이야기가 담겨 있다. 청소년들이 자신 그리고 세상과 화해하는 여정을 솔직담백하게 그렸다.

★ 한국문화예술위원회 우수문학도서　★ 네이버 북리펀드 선정도서

52. 모래시계가 된 위안부 할머니 이규희 지음

일본군 위안부로 끌려가 꽃다운 처녀 시절을 유린당한 황금주 할머니의 실제 이야기를 김은비라는 소녀의 이야기와 엮어 액자 형식으로 쓴 소설로, 일본어로도 번역 출간되었다.

★ 국제펜문학상 수상작　★ 학교도서관저널 추천도서　★ 경기도교육청 추천도서

53. 까레이스키, 끝없는 방랑 문영숙 지음

소련의 강제 이주 정책으로 시베리아 횡단 열차를 탔던 17만여 명의 까레이스키들의 고난과 역경, 도전과 설움을 절절하게 그린 역사소설이다.

★ 한국문화예술위원회 우수문학도서　★ 아침독서 청소년 추천도서　★ 한우리가 선정한 좋은 책

54. 나는 랄라랜드로 간다 김영리 지음

기면증을 앓는 소년과 그의 가족이 게스트하우스를 사수하기 위해 펼치는 소동을 재기 발랄하게 그렸다. 절망 속에서도 웃으며 싸울 줄 아는 청춘의 싱그러운 맨얼굴이 돋보인다.

★ 제10회 푸른문학상 수상작　★ 아침독서 청소년 추천도서　★ 한국문화예술위원회 우수문학도서

55. 열다섯, 비밀의 방 장미 외 지음

영혼의 도플갱어를 찾아 헤매는 외로운 청소년의 자화상이 네 편의 단편소설 속에 어우러져 있다. 청소년들의 내면의 목소리들이 조화롭게 어우러져 다양한 빛깔의 공명음을 들려준다.

★제10회 푸른문학상 수상작　★학교도서관사서협의회 추천도서

56. 눈썹 천주하 지음

암에 걸려 1년 4개월 동안 치료를 받던 열일곱 살 소녀가 일상으로 돌아온 뒤의 이야기를 담고 있다. 가족과 친구, 일상이 얼마나 가치 있는 것인지를 새삼 깨우쳐 준다.

★국립어린이청소년도서관 사서 추천도서　★한국문화예술위원회 우수문학도서　★아침독서 추천도서

57. 나는 지금 꽃이다 이장근 지음

청소년들의 삶을 제대로 들여다보고 마음을 헤아리는 시 창작 과정을 통해 나온 본격적인 청소년을 위한 시로, 삶이 점점 피폐해지고 있는 청소년들의 마음을 어루만져 준다.

★문화체육관광부 우수교양도서　★어린이도서연구회 청소년 권장도서　★학교도서관저널 추천도서

58. 우리들의 사춘기 김인해 지음

겉으로 잘 드러나지 않는 소년들의 감성을 날카롭게 포착하여 진술하고 강렬하게 그려낸 '소년들을 위한' 소설집. 표제작을 비롯한 여섯 편의 단편청소년소설을 담고 있다.

★국립어린이청소년도서관 사서 추천도서　★한국문화예술위원회 우수문학도서

59. 여우 소녀 미랑 김자환 지음

조선시대 임진왜란 발발 즈음의 여수 지방을 배경으로, 구미호에게 아버지를 잃은 묘남과 구미호의 딸 여우 소녀 미랑의 애틋한 사랑 이야기를 담고 있다.

★새벗문학상 수상작가

60. 얼음이 빛나는 순간 이금이 지음

아이와 어른의 경계에서 몸살을 앓던 두 소년이 5년 뒤 전혀 다른 풍경을 띠게 된 각자의 삶을 응시한다. 우연으로 시작해 선택으로 이루어지는 인생의 내밀한 진실을 담았다.

★윤석중문학상 수상작가　★학교도서관저널 추천도서

61. 택배 왔습니다 심은경 지음

질풍노도를 겪는 청소년과 그의 가족, 친구, 사회의 풍경을 그린 여섯 편의 단편청소년소설. 건강하게 자립하고 따뜻하게 소통할 줄 아는 인물들의 모습에서 희망을 엿볼 수 있다.

★한국문화예술위원회 우수문학도서　★학교도서관저널 추천도서　★아침독서 청소년 추천도서

62. 똥통에 살으리랏다 최영희 외 지음

팍팍한 사회 현실 속 청소년들의 고민을 각기 다른 개성으로 그린 네 편의 단편청소년소설을 묶었다. 부조리한 사회와 욕망을 관찰하고 풍자하는 이야기가 공감을 불러일으킨다.

★제11회 푸른문학상 수상작　★아침독서 청소년 추천도서　★국립어린이청소년도서관 사서 추천도서

63. 나에게 속삭여 봐 강숙인 지음

어느 날 갑자기 죽음을 맞이한 열일곱 살 소년 서준과 혼령의 기를 느끼는 소녀 아리 그리고 서준의 쌍둥이 여동생 유주가 각자의 방법으로 성장해 나가는 청소년 판타지소설.

★윤석중문학상 수상작가　★학교도서관저널 추천도서

64. 아버지의 알통 박형권 지음

촌스러운 아빠와 바닷가 마을에 살게 되면서 정직하게 일하는 사람들을 만나며 한층 성장해 가는 주인공의 이야기가 유쾌한 감동을 선사한다.
★한국안데르센상 수상작가

65. 나는 나다 안오일 지음

청소년들에게 자신의 꿈이 무엇인지 알게 해 주어 스스로 자신의 삶에 당당하게 맞서는 모습을 보고 싶다는 작가의 바람을 담은 청소년시 57편이 실려 있다.
★제8회 푸른문학상 수상작가

66. 순희네 집 유순희 지음

순희네 집에 얽힌 가슴 아프지만 따뜻한 이야기와 성장통을 겪는 순희의 모습을 작가 특유의 섬세한 문장 안에 담아낸 자전적 소설이다.
★제14회 MBC 창작동화대상 수상작 ★제8회 푸른문학상 수상작가 ★한국출판문화산업진흥원 선정 세종도서

67. 첫 키스는 엘프와 최영희 지음

제11회 푸른문학상 수상작가의 첫 청소년소설집으로, 미래에 대한 압박감에 갇혀 십 대 시절을 보내는 오늘의 청소년들에게 부치는 편지 같은 소설 여섯 편을 묶었다.
★제11회 푸른문학상 수상작가 ★아침독서 청소년 추천도서 ★어린이도서연구회 청소년 권장도서

68. 숨은 길 찾기 이금이 지음

이금이 작가의 대표작 『너도 하늘말나리야』의 두 번째 후속작으로 소희의 욕망과 아픔을 다룬 『소희의 방』에 이어 달밭마을에 남은 미르와 바우의 사랑과 꿈을 섬세하게 그려 낸 성장소설이다.
★소천아동문학상 수상작가 ★한국출판문화산업진흥원 선정 세종도서

69. 스키니진 길들이기 김정미 외 지음

아직 미완성인 '나'의 정체성을 찾기 위해 고군분투하는 청소년들의 모습을 그린 네 편의 단편청소년소설이 실려 있다. 청소년이라면 누구나 고민해 봤을 만한 이야기가 공감을 불러일으킨다.
★제12회 푸른문학상 수상작 ★한국출판문화산업진흥원 선정 이달의 책 ★아침독서 청소년 추천도서

70. 나는 블랙컨슈머였어! 윤영선 외 지음

우리 사회를 바라보는 날카로운 시선과 따뜻한 유머가 다채롭게 어우러진 네 편의 청소년소설을 엮었다. 삭막한 현실 속에서도 당당히 자신의 길을 가는 청소년들의 이야기가 매력적이다.
★제12회 푸른문학상 수상작

71. 우리는 가족일까 유니게 지음

5년 만에 엄마의 부고와 함께 미국에서 돌아온 동생으로 인해 방황하는 열일곱 살 소녀의 성장기를 그렸다. 고통스러운 시간을 함께 이겨 내는 가족의 소중함을 다시금 일깨워 준다.
★한국출판문화산업진흥원 선정 세종도서 ★서울시교육청 어린이도서관 청소년 권장도서

72. 사과를 주세요 진 희 외 지음

꿈과 현실 사이에서 당차게 자신의 길을 찾아 나선 청소년들의 삶을 이야기하는 네 편의 청소년소설이 실려 있다. 찬란하게 빛나는 청소년들의 굳건한 의지와 신념이 유쾌하고 따뜻한 시선으로 그려진다.
★제13회 푸른문학상 수상작 ★한국출판문화산업진흥원 선정 세종도서

73. 신라 공주 파라랑 김정 지음

고대 페르시아 서사시 「쿠쉬나메」의 시공간을 배경으로 한 역사소설. 낯선 이국 땅 페르시아로 건너가 사랑으로 고난을 극복하는 신라 공주 파라랑의 삶은 희망이라는 인간 본연의 메시지를 전한다.
★제1회 푸른문학상 수상작가 ★학교도서관저널 추천도서

74. 옥상에서 10분만 조규미 지음

제10회 푸른문학상 수상작가의 첫 청소년소설집으로, 관계 속에서 사소한 말이나 장난이 큰 사건이 되어 돌아왔을 때 겪게 되는 고민과 갈등을 섬세하게 다룬 소설 다섯 편을 묶었다.
★제10회 푸른문학상 수상작가 ★아침독서 청소년 추천도서

75. 별에서 별까지 신형건 지음

지난 30여 년간 아이들과 어른들 모두에게 사랑받는 동시를 써 온 시인의 작품 중 특별히 청소년들에게 공감을 살 만한 시들을 골라 엮었다. 자극적이지 않은 언어로 마음을 어루만지는 청소년시집.
★대한민국문학상 수상작가 ★한국출판문화산업진흥원 청소년 권장도서

76. 뱅뱅 김선경 지음

어른들은 몰라서 더 재미있는 진짜 우리 이야기, 지금 청소년들의 속마음을 거침없이 그려 낸 개성 강한 청소년시집. 긴 방황의 끝에서 진정한 자신을 찾기를 바라는 시인의 바람이 담겼다.
★어린이도서연구회 청소년 권장도서 ★아침독서 청소년 추천도서 ★학교도서관사서협의회 추천도서

77. 우리들의 실연 상담실 이수종 지음

실연 극복 프로젝트에 참가하는 다섯 명의 아이들이 서로를 보듬으며 사랑의 아픔을 극복하는 과정을 담았다. 청소년들의 마음결을 다독이는 위로의 목소리는 다시 사랑할 에너지를 불어넣는다.
★제12회 푸른문학상 수상작가

78. 연애 세포 핵분열 중 김은재 지음

꽃보다 아름다운 열일곱 살 청춘들이 진정한 사랑을 찾기 위해 나섰다. 아름다운 사랑을 꿈꾸지만, 사랑에 서툴러 좌충우돌, 고군분투하는 청소년들의 성장을 그린 여섯 편의 청소년소설을 한데 엮었다.
★제13회 푸른문학상 수상작가 ★학교도서관저널 추천도서

79. 데이트하자! 진희 지음

옴니버스 형식으로 구성된 다섯 편의 단편으로 이야기의 구조적 완결성과 섬세한 심리 묘사가 뛰어나다. 청소년 특유의 발랄한 일상과 그 안에 깃든 고민, 성장통을 따뜻한 시선으로 담아냈다.
★제13회 푸른문학상 수상작가

80. 세 번의 키스 유순희 지음

현대 미디어의 중심이 된 '아이돌'과 그들의 일거수일투족을 놓치지 않으려는 '사생팬'의 심리를 날카롭게 포착했다. 언제든 다시 출발선에 설 수 있는 청춘의 무한한 가능성을 깨닫게 한다.
★제8회 푸른문학상 수상작가 ★국어 교과서 수록작가

*〈푸른도서관〉 시리즈는 계속 나옵니다!